Dark place

Dans la même collection :

1. Jim Thompson : *Liberté sous condition*
2. Charles Williams : *La Fille des collines*
3. Jonathan Latimer : *Gardénia rouge*
4. Joseph Hansen : *Par qui la mort arrive*
5. J. Van de Wetering : *Comme un rat mort*
6. Tony Hillerman : *Là où dansent les morts*
7. John P. Marquand : *Merci, Mister Moto*
8. John P. Marquand : *Bien joué, Mister Moto*
9. David Goodis : *La Blonde au coin de la rue*

Hors collection :

Joseph Hansen : *Le Noyé d'Arena Blanca*

ISBN : 2-86930-023-9

Titre original : Dark place

5-7, rue Paul-Louis Courier - 75007 Paris
10, rue Fortia - 13001 Marseille

Mildred Davis

Dark place

Traduit de l'américain
par Gérard de Chergé

Collection dirigée par
François Guérif

rivages/noir

PROLOGUE

– Réveille-toi, J.C., murmura-t-elle en se penchant sur le lit. Réveille-toi.

Sa propre voix lui fit l'effet d'un écho du passé. Comme si elle était revenue quarante ans en arrière, à l'époque où ils étaient enfants.

Je veillerai sur toi, disait alors J.C. Je veillerai toujours sur toi. Quand nous serons grands, je te construirai une maison au sommet d'une colline et nous y vivrons tous les deux éternellement.

Mais ce n'était pas un garçonnet qui était couché dans le lit. C'était un homme grisonnant et solidement bâti, aux traits épaissis et brouillés par le temps. Il se réveilla en marmonnant quelque chose d'inintelligible, comme s'il était effrayé.

– Que... ? Qui est là ?

– Chut, tu vas réveiller Doris.

Elle lui mit une main sur la bouche et jeta un coup d'œil sur la femme allongée à côté de lui.

– C'est moi, lui chuchota-t-elle à l'oreille. Viens, descendons.

Il grommela un juron. Non pas avec colère mais d'une manière plaintive, étonnée. Comme autrefois, quand elle avait envie de boire en pleine nuit et qu'elle n'osait pas demander à Maman : il jurait à voix basse et sortait du lit pour aller lui chercher un verre d'eau.

Retrouvant ses gestes familiers, il la suivit en trébuchant dans l'obscurité. Au rez-de-chaussée, il alluma et cligna des yeux, en frottant ses paupières gonflées de sommeil. Même en cet instant, elle trouva qu'il avait un visage toujours aussi frais, semblable à une nouvelle route en plein essor – alors que ce n'était plus qu'un chemin creusé d'ornières et presque abandonné.

Elle lui raconta comment elle s'était enfuie. Elle avait profité de ce qu'une infirmière négligente avait oublié, après les visites, de fermer à clef la porte du couloir. Elle était sortie en même temps que les visiteurs et avait fait du stop toute la journée.

Elle s'était sentie seule, là-bas... Pourquoi n'était-il pas venu la voir ? Elle avait attendu, jour après jour, guettant les pas des visiteurs dans les couloirs, fermant les yeux pour préserver l'effet de surprise. Elle avait entendu des gens entrer dans la salle où elle se trouvait ; mais, chaque fois, ils étaient passés devant elle sans s'arrêter. Sa voisine de lit – la jeune fille qui pleurait tout le temps –

recevait régulièrement la visite de sa mère. Et son autre voisine – une femme froide, réservée – avait en permanence des gens différents qui venaient la voir. Mais elle, elle n'avait jamais personne. Pourquoi n'était-il pas venu ?

Il lui expliqua qu'il devait travailler. Et elle n'avait pas voulu que Doris aille la voir. Elle lui répéta qu'elle détestait Doris, qu'elle la détestait depuis le jour où J.C. l'avait épousée. C'était Doris qui l'avait envoyée à l'hôpital. Une fois de plus, il tenta de lui expliquer que ce n'était pas Doris mais les médecins. C'étaient les médecins qui l'avaient envoyée à l'hôpital.

Mais elle n'écoutait déjà plus. Les yeux baissés, elle dit d'un ton apeuré :

– Tu ne diras pas à Maman que je me suis enfuie de l'hôpital, dis, J.C. ?

Cesse de pleurnicher, petite peste, dit Maman. Tu n'arrêtes pas de pleurer. Tu t'imagines peut-être que les gens te plaindront si tu pleures, mais rappelle-toi l'histoire du garçon qui criait au loup. T'ai-je raconté cette histoire du garçon qui criait au loup ? T'ai-je raconté cette histoire ? L'enfant – un berger – s'amusait à crier au loup sans raison. Tous les gens se mettaient en chasse, mais ils étaient très en colère car il n'y avait pas de loup. Et ça continua ainsi jusqu'au jour où, une fois de plus, l'enfant cria au loup. Cette fois, il disait vrai, mais les chasseurs ne se déplacèrent pas. Et le loup dévora le petit garçon.

Les rides de son visage se creusèrent encore davantage tandis qu'il la regardait. Enfin, il se frotta la bouche et marmonna quelque chose entre ses doigts.

– Tu ne le diras pas à Maman, dis, J.C. ? répéta-t-elle.

D'une voix plus distincte, il murmura :

– Maman est morte depuis longtemps.

– Oh, c'est vrai, dit-elle avec indifférence.

D'un ton las, il lui expliqua qu'elle devait retourner à l'hôpital. Mais sa voix manquait d'assurance et elle le sentit. Elle lui rappela alors l'époque où il avait promis de veiller sur elle quand ils seraient grands. L'époque où il avait promis de lui construire une maison où ils vivraient tous les deux avec grand-père. Elle se mit à pleurer. A voir les larmes couler sur son visage inexpressif, on eût dit que ses yeux formaient une entité à part. C'était de nouveau sa petite sœur qu'il avait en face de lui. La petite fille au physique ingrat que tout le monde bafouait, rembarrait, ridiculisait. La petite fille dont il devait s'occuper car elle avait besoin de quelqu'un et n'avait personne d'autre que lui.

– Ils ne voudront pas que tu restes ici, dit-il enfin. Souviens-toi de la petite fille.

Mais elle avait son plan. Elle ne comptait pas s'installer ici. Il fallait que J.C. lui achète une petite maison quelque part où on ne pourrait la retrouver. Il lui enverrait de l'argent et irait la voir le plus souvent possible. (Ses larmes séchaient à mesure qu'elle parlait, ne laissant aucune trace). Elle expliqua qu'elle n'avait nullement eu l'intention de faire du mal à la petite fille. Elle avait simplement voulu « l'emprunter » un moment ; mais comme l'enfant s'était mise à crier, il avait bien fallu la faire taire. Elle lui avait donc pressé un oreiller sur le visage, mais la fillette n'avait rien eu du tout. On avait réussi à la ranimer.

Oui, dit-il d'une voix sourde, mais elle aurait pu mourir. Il s'en était fallu de très peu. Bien sûr, il savait qu'elle ne l'avait pas fait exprès, mais on n'avait pas le droit d'emmener comme ça des enfants qui n'étaient pas à vous.

Dans ce cas, demanda-t-elle, pourquoi lui avait-on pris sa petite fille ?

Je t'avais prévenu qu'elle serait la honte de la famille, dit Maman. Nous aurions dû la faire enfermer depuis longtemps. Sa place est à Clinton, avec les fous. Il va falloir que tu l'emmènes se faire opérer en Suisse.

C'est trop dangereux, dit J.C. Il n'en est pas question.

Qu'ai-je donc fait pour mériter ça ? dit Maman. Qu'ai-je fait au ciel pour mériter tant d'épreuves ? D'abord un mari comme Samson, maintenant une fille comme elle... Non seulement elle est laide mais elle est folle. Et pour couronner le tout, la voilà enceinte ! Où a-t-elle bien pu rencontrer l'homme ? Je t'avais bien dit qu'il ne fallait pas l'envoyer à l'école. Sa place était à Clinton. Il faut la faire opérer. Que diraient les gens ?

Je ne veux pas qu'on tue mon bébé, dis-je. Il est à moi.

Toi, ne t'en mêle pas, dit Maman. Tu vas voir qu'elle va prévenir tout le monde ! Elle est fière d'elle. Après tout, qu'elle accouche à Clinton !

On ne peut pas l'envoyer accoucher à Clinton, dit J.C.

Que vais-je faire ? dit Maman. Qu'ai-je donc fait pour mériter cela ? Un mari qui sort avec des prostituées, une fille qui attend un bâtard... Que vais-je devenir ?

J'en fais mon affaire, dit J.C. Nous allons l'éloigner quelque temps ; Doris et moi, nous prendrons le bébé. Nous dirons qu'il est adopté. J'en fais mon affaire.

Il s'aperçut qu'elle était de nouveau égarée dans son univers de cauchemar. Elle n'avait pas entendu ce qu'il disait. Inutile de lui expliquer que le bébé avait grandi, que c'était aujourd'hui une femme mariée qui ignorait la vérité et qui devait continuer à l'ignorer.

– Tu pourrais engager une infirmière pour s'occuper de moi, J.C., dit-elle brusquement. Tout ce qu'il me faut, c'est une petite maison et très peu d'argent. Si une infirmère est là pour veiller sur moi, tu n'auras pas de souci à te faire. Dis oui, J.C., je t'en prie. Tu as promis. Tu as toujours dit que tu veillerais sur moi.

Il avait su dès le début qu'il finirait par céder si elle insistait suffisamment. La solution.. qu'elle proposait était raisonnable. Et puis ce n'était pas comme si elle était vraiment dangereuse. Les médecins exagéraient toujours. On ne pouvait pas se fier à eux. Ils avaient tendance à voir des cinglés partout.

A part Doris, personne ne serait jamais dans le secret. Et elle aurait une infirmière pour la garder. Il n'y avait rien à craindre.

– D'accord, dit-il, mais à une condition. Promets-moi de rester à l'écart des enfants.

CHAPITRE I

De sa fenêtre, de l'autre côté de la route, Martha Earnshaw observait les déménageurs. Le brouillard noyait les contours du camion et, tel un malaxeur, entremêlait les caroubes et les cornouillers, qui formaient en se mélangeant des volutes marbrées. Un voile grisâtre emprisonnait les buissons de forsythia, les phlox et les marguerites, transformant le jardin en toile d'araignée. Une victime était tombée : arrachée du bord de la route par les bottes des déménageurs, une gerbe d'or piétinée perdait sa sève jaune.

Martha ne pouvait qu'entrevoir rapidement les objets transportés dans le cottage. La plupart d'entre eux étaient recouverts de bâches. Dans l'esprit de Martha, le lit double indiquait qu'il s'agissait d'un couple marié. L'unique commode signifiait peut-être que les nouveaux voisins étaient pauvres. Ou alors, peut-être était-ce un riche ménage qui faisait construire une grande maison dans le coin et qui s'installait provisoirement dans le cottage en attendant la fin des travaux. Cette hypothèse conférait aux inconnus un poids supplémentaire et un certain raffinement. L'absence de meubles d'enfants leur faisait prendre vingt ans d'un coup.

Après avoir méticuleusement épousseté le living-room et passé l'aspirateur sur le tapis, Martha alla dans la salle de bains vider le panier à linge. Un petit chat bondit sur le tas de draps sales.

– Ecoute, Sugar...

Elle prit l'animal dans ses bras pour lui gratter le cou ; puis, oubliant ce qu'elle voulait lui dire, elle le renvoya dans la cuisine. Elle compta les draps festonnés et les serviettes à rayures bleues et jaunes, en notant les chiffres sur un carnet. Après quoi, elle alla poser le sac de linge devant la porte de la cuisine pour que le blanchisseur le prenne au passage. Quoiqu'elle ne fût pas mince, Martha se mouvait avec une grâce un peu gauche qui dénotait la pratique de leçons de danse ou de cours de maintien. Et malgré sa salopette, elle avait l'allure d'une femme sachant s'habiller en toutes circonstances. Ses pâles cheveux blonds étaient négligemment enroulés sur le sommet de sa tête et elle était discrètement maquillée – juste ce qu'il fallait pour vaquer à ses occupations ménagères.

Sur le perron, elle jeta de nouveau un coup d'œil de l'autre côté de la route. « Ce n'est pas de la vulgaire curiosité », se dit-elle. « Après tout, il est bien naturel de vouloir se renseigner sur ses futurs voisins. » Le brouillard étouffait les sons et transformait les déménageurs en ombres grisâtres. Dans le silence ouaté, les hommes effectuaient inlassablement leur va-et-vient monotone, tels les Danaïdes remplissant leur tonneau.

Peu avant midi, un léger trottinement – semblable à celui d'un poney – vint troubler ce calme feutré. Simultanément, une voix cria quelque chose d'inintelligible, faisant voler en éclats le globe d'irréalité.

Martha regarda par la fenêtre. Deux hommes à la chemise trempée transportaient une bibliothèque dans la maison. Le troisième déménageur bavardait avec une petite silhouette encapuchonnée et bottée. Au bout d'un moment, l'homme se remit au travail ; la silhouette traversa la route au galop et pénétra en trombe dans la cuisine.

– Cette fois, il faut que tu lui donnes une gifle ! Mais je te connais, tu ne voudras pas.

– Qu'a-t-il encore fait ? s'enquit Martha.

La nouvelle venue jeta par terre sa capuche, son manteau et ses bottes et entreprit de retirer l'élastique qui retenait l'une de ses nattes. Contrairement à sa mère, elle était brune et extrêmement mince. Comme sa mère, elle avait un visage mobile, expressif, et elle semblait bien partie pour être grande.

– Tu t'en fiches ! cria-t-elle. Tu ne veux même pas le gifler, cet idiot de Glen !

– Du calme, Peggy, dit Martha. Je t'ai vue parler avec les déménageurs... As-tu appris quelque chose sur les nouveaux voisins ?

– Ce Glen est un crétin. Il s'amuse à me faire peur. Il se croit malin !

Martha faillit réprimander sa fille, mais elle changea d'avis et se contenta de bâiller. Tout en se grattant l'oreille, elle s'approcha de la fenêtre et regarda les volutes de vapeur s'insinuer à travers le grillage. Elle inspira à pleins poumons, goûtant avec plaisir cette fraîcheur presque marine.

– Maman, devine !

Martha sortit du réfrigérateur un paquet de viande hachée, en essayant de se représenter mentalement la lointaine étendue d'eau d'où avait émané cette nappe de brume.

– Il y a des gens qui s'installent en face, déclara Peggy.

– Je ne l'aurais jamais deviné.

Peggy défit son autre natte et ouvrit sa chemise. Tout en s'essuyant le cou d'une main crasseuse, elle entra en douce dans la chambre et contempla le bébé endormi dans son berceau. Lorsqu'elle le toucha, il remua. Confuse, elle tourna la tête pour voir si sa mère la regardait.

Faisant exprès de parler fort dans l'espoir que le

bébé se réveillerait et qu'elle pourrait jouer avec lui, elle gémit.

– Je m'ennuie...

– Heureusement que la rentrée des classes est après-demain.

– Je déteste l'école. Ils ont l'air bizarre.

– Qui ça ?

– Tu es bête, maman.

– Peggy !

– Je te parle des gens qui s'installent dans la maison, tu sais bien.

– Les nouveaux voisins ? En quoi sont-ils bizarres ?

Tout en pétrissant la viande, Martha parvint à la conclusion – nullement scientifique – que la vapeur qu'elle inhalait provenait d'un coin perdu du Pacifique, hérissé de sombres écueils où chantaient des voix désincarnées qui, par leur mélodie, attiraient les navigateurs et provoquaient leur naufrage. Cette vision avait un rapport avec les nouveaux voisins. Ceux-ci subissaient une nouvelle métamorphose, se décomposaient comme s'ils étaient restés trop longtemps sous l'eau.

– Ce sont les déménageurs qui l'ont dit.

– Qu'ont-ils dit exactement ?

– Ils ont dit qu'ils avaient l'air d'être poursuivis par les flics.

Martha abandonna sa viande et entra dans la chambre des enfants. Désœuvrée, Peggy était vautrée sur le lit ; au-dessus d'elle, à travers les nombreuses ouvertures de la véranda aménagée, des nuages en forme de bras se contorsionnaient. Des bras – pensa Martha – qui provenaient de ce coin perdu de l'océan. Des bras qui tourbillonnaient et se tordaient au-dessus de la tête de Peggy.

– Maman, c'est quoi, des flics ?

– Des policiers. Qui poursuivait qui ?

– J'ai trop chaud.

– Réponds-moi. Qu'ont dit les déménageurs ?

– Je te l'ai déjà dit, mais tu n'écoutes pas.

– Répète-le moi.

– Ils ont dit qu'ils avaient l'air très pressé...

– Qui ça ?

– Les nouveaux voisins. Ils étaient tellement pressés de venir ici qu'ils donnaient l'impression d'être poursuivis par les flics.

Aussi impalpable que le brouillard, le couple qui avait acheté la maison d'en face – un couple que Martha s'était imaginé assez âgé, raffiné et intelligent – avait de nouveau changé de visage. Insidieusement, il était devenu de moins en moins inoffensif.

Alison Douglas leva la tête lorsque le camion de déménagement passa devant la fenêtre en direction de la ville. Avec indifférence, elle regarda la brume envelopper le camion et le dévorer. Il disparut en un instant, sans bruit, comme un vulgaire poisson avalé par un requin. Le silence évoquait celui des fonds sous-marins.

Sourcils froncés, Alison cassa un œuf dans le saladier. Elle s'apprêtait à en casser un autre, mais elle se ravisa et le remit délicatement dans sa boîte en carton. Le brouillard assombrissait la pièce à tel point qu'elle versa la farine sans voir ce qu'elle faisait. Tout en se penchant pour mettre les coquilles d'œufs dans la poubelle en papier, elle jeta un coup d'œil sur la route. Elle se redressa aussitôt, intriguée.

A travers les lambeaux de brume aux formes fantastiques, elle distinguait quelque chose sur la chaussée. Elle ouvrit la porte de la cuisine et remonta l'allée. Silencieusement, le brouillard l'étreignit. L'objet qui gisait au bord de la route était un livre. Elle le ramassa, en lançant instinctivement un regard furtif dans la direction qu'avait prise le camion. Celui-ci ayant disparu, elle émit un profond soupir et regagna la cuisine, en caressant amoureusement la reliure en cuir. Mais pour le moment, elle n'avait pas le temps d'examiner l'ouvrage. Elle le posa sur une étagère, puis, se ravisant, elle le cacha derrière le compotier.

Elle consulta la pendule et se remit au travail. Elle fit ramollir la margarine, ajouta les blancs d'œufs et le sucre, mélangea tous les ingrédients. Après avoir mis le gâteau au four, elle balaya le carrelage – quoique ce ne fût pas nécessaire – et essuya avec un chiffon humide les portes du placard et des divers éléments. La pièce était d'une propreté irréprochable, mais les astiquages incessants ne la rendaient pas étincelante pour autant ; au contraire, ils ne faisaient que souligner son aspect défraîchi. La peinture des murs et du plafond avait perdu son éclat et le linoléum était constellé de taches brunâtres dues à l'usure.

Lorsqu'elle eut terminé, Alison monta se laver et se changer. Après avoir troqué son vieux pantalon et sa chemise d'homme contre une jupe en coton et un corsage, elle entreprit de se peigner. Ses cheveux, d'une jolie couleur châtain, étaient coupés court, en une sorte de coiffure à la Jeanne d'Arc d'un curieux effet. Elle avait une silhouette très menue, presque enfantine. A première vue, elle ne semblait pas beaucoup plus âgée que Martha, alors qu'elle avait une quinzaine d'années de plus : presque cinquante ans.

De retour dans la cuisine, elle sortit son gâteau du four et entreprit de mélanger du sucre glace avec de la margarine, du jus de citron et du lait. Une fois le gâteau refroidi, elle le nappa de crème et le disposa sur une assiette en carton. Puis elle prit les clefs de la voiture, en se demandant si elle devait réclamer deux dollars cinquante ou deux dollars soixante-quinze pour le gâteau. Quatorze *cents* pour deux œufs de calibre 55/60 g, le sucre, le beurre, la vanille, le temps de cuisson... Au total, ça représentait au moins un dollar. Restait un dollar soixante-quinze pour la préparation proprement dite.

Elle s'installa au volant de sa voiture – une Plymouth poussiéreuse, vieille de six ans – et longea l'allée en marche arrière. Les yeux plissés pour tenter de pénétrer le brouillard, elle descendit le coteau en seconde. Une fois en bas, elle s'arrêta devant une maison en grès brun donnant sur la rue. La femme qui lui ouvrit la porte s'extasia sur le gâteau et ne parut nullement étonnée du prix. L'espace d'un instant, Alison fut tentée d'arrondir à trois dollars ; mais elle n'osa pas revenir sur le prix annoncé, de peur d'éveiller les soupçons de la femme.

Elle traversa le quartier résidentiel – où abondaient les bijouteries et les magasins de nouveautés – et descendit vers la gare, laissant derrière elle la boutique de l'électricien, le bureau de poste, la boulangerie et la charcuterie. Enfin, elle s'arrêta devant un petit édifice flanqué d'un escalier très raide. Dans la vitrine, une pancarte poussiéreuse annonçait : JOHN DOUGLAS, AGENT IMMOBILIER. A peine Alison s'était-elle garée que son mari sortit de l'agence. C'était un homme grand et encore mince, malgré un bourrelet à la taille. Son nez proéminent saillait comme la corniche d'une falaise et son visage faisait beaucoup plus âgé que celui de sa femme. Il portait un costume de tweed fripé et lustré aux manches.

– Alors, ils l'ont prise ? demanda Alison.

– Ils ont dit qu'ils rappelleraient la semaine prochaine.

– J'aurais dû m'occuper moi-même de la visite, dit-elle d'un ton contrarié tandis que John s'installait à côté d'elle. Demain, c'est moi qui ferai visiter la maison des Jensen. Tu serais assez bête pour dire aux clients que le parc a été inondé au printemps.

– Honnête Alison ! dit-il sans méchanceté.

– Je voudrais bien savoir qui est honnête en ce bas monde.

Profitant de ce que les voitures ralentissaient au feu rouge, elle s'inséra dans la file de véhicules, en faisant un signe de la main à une autre conductrice.

Ils n'échangèrent pas un mot durant le trajet de retour. Pendant que John montait troquer son costume contre un jean et une chemise de sport, Alison mit des saucisses à frire. Elle sortit du four les pommes de terre qui avaient cuit en même temps que le gâteau, puis elle mit rapidement le couvert. John redescendit au bout de quelques minutes et mit un disque de Brahms. Contrairement au reste du mobilier, l'électrophone était neuf et coûteux. John écouta la musique un moment et entra dans la cuisine jeter un coup d'œil dans le réfrigérateur.

– Avec tous les gâteaux que tu fais, dit-il, nous n'avons même pas de dessert pour ce soir ?

– T'ai-je parlé du livre que j'ai trouvé ? s'enquit Alison en mettant du café à chauffer. Il a une superbe reliure en cuir.

– Quel livre ?

– Je l'ai ramassé sur la route.

– Et alors ?

– Il est peut-être tombé par terre pendant que les déménageurs transportaient les affaires des nouveaux voisins. Je n'en suis pas sûre.

– Ce que je voudrais savoir, moi, c'est ce que nous allons manger pour le dessert.

Alison servit le café et posa sur la table une jatte de lait et un pot de moutarde.

– Je n'ai pas le temps de nous préparer des desserts, répliqua-t-elle. Je passe mes journées à faire des gâteaux pour d'autres personnes, je te donne un coup de main à l'agence, et tu voudrais en plus...

– Je ne te demande rien, tu le sais bien. Le fait que tu vendes des gâteaux n'est certainement pas bon pour mes affaires. Je gagne davantage que Dick Earnshaw et sans doute à peu près autant que Ed Nugent, mais leurs femmes dépensent deux fois...

– Le livre est ici.

Elle alla le chercher derrière le compotier et l'ouvrit à la page de garde. A la vue du titre, elle haussa les sourcils.

– Apparemment, nos nouveaux voisins travaillent dans des services sociaux. Ça risque d'être des gens intéressants. Pauvre Martha ! Elle qui espérait un milliardaire...

Alison attendit que son mari lui demande le titre de l'ouvrage. Comme John ne disait rien, elle reprit :

– Ecoute-moi ça... Ça s'appelle *Crimes contre des enfants*.

Vers le soir, le brouillard devint une véritable purée de pois. Ed Nugent ne distinguait que des ombres qui tourbillonnaient devant son pare-brise ; il conduisait la portière ouverte pour essayer de se repérer d'après le bord de la route. Malgré ses phares allumés, il n'y voyait rien. Il klaxonnait sans discontinuer afin d'éviter un accident.

Arrivé au tournant où le grand rocher émergeait

de la colline, une voiture apparut brusquement devant lui. Avec un juron furieux, il braqua au maximum – évitant de justesse la voiture – et se gara aile contre aile.

– Qu'est-ce que vous foutez ? cria-t-il.

La brume ondoyait et s'étirait, perpétuellement mouvante. Personne ne répondit. Ed serra le frein à main et descendit de voiture pour examiner l'autre véhicule. Celui-ci était vide. Ouvrant la portière, Ed alluma les phares pour avertir d'éventuels automobilistes grimpant la côte. Puis il regarda autour de lui.

La voiture était un ancien modèle aux sièges tachés et usés. Après un bref instant d'hésitation, Ed ouvrit la boîte à gants, mais celle-ci ne contenait aucune pièce d'identité. Seulement un chiffon, un essuie-glace et un foulard de soie verte.

Ed remonta dans son break et se remit en route. Arrivé au sommet de la côte, il aborda lentement la descente, mètre par mètre. De temps à autre, de petites éclaircies trouaient le brouillard, comme si des portes s'ouvraient à son approche et se refermaient derrière lui. Il avait mal aux yeux à force de scruter la grisaille.

Soudain, pour la seconde fois, il poussa un juron, fit une embardée et s'arrêta.

– Qui est là ? cria-t-il.

Une vague silhouette était apparue sur sa gauche, trop rapidement pour lui permettre de distinguer si c'était un homme ou une femme.

– Il y a quelqu'un ? dit-il d'une voix tendue.

Vous êtes égaré ? Il attendit, l'oreille aux aguets. Tout autour de lui, les criquets stridulaient en chœur. Il percevait, au loin, le bourdonnement étouffé de la circulation. Il s'apprêtait à remonter en voiture quand, brusquement, il entendit du remue-ménage dans les buissons. Ça provenait de l'endroit où la silhouette avait disparu. Immobile, Ed écouta. Au bout de quelques instants, aussi subitement qu'il avait commencé, le bruit cessa.

Ed s'installa de nouveau au volant et reprit sa descente jusqu'à l'embranchement. Ayant repéré – non sans mal – la pancarte des Douglas sur sa droite, il tourna à gauche. Avec un soupir de soulagement, il rangea son break au garage, à côté de la décapotable qui s'y trouvait déjà, et courut vers la porte d'entrée.

Des quatre maisons constuites sur la colline, celle-ci était la plus grande. C'était une villa en briques, peinte en blanc et agrémentée de quelques pierres apparentes. Son style était indéterminé : elle s'étalait dans tous les sens, comme si on avait ajouté les pièces au fur et à mesure des besoins. A gauche, il y avait un étage ; à droite, seulement un rez-de-chaussée. Sur le côté, des portes vitrées donnaient sur une terrasse reliant la maison et le garage. Une allée bordée d'arbustes menait à la porte d'entrée.

– Bonsoir tout le monde ! s'écria Ed en entrant dans le hall.

Comme sur un signal, la porte du living-room s'ouvrit brusquement et des enfants se précipitèrent vers lui. De ce tourbillon émergèrent trois garçons :

un de sept ans, un de six ans, et un petit tardillon qui avait à peine plus d'un an. Ils s'agrippèrent aux bras et aux jambes de leur père, qui les embrassa à tour de rôle, son irritation envolée.

– Gil, où es-tu ? s'enquit-il en haussant la voix.

Les enfants entravant sa marche, il traversa péniblement le living-room, passa devant une pièce sans affectation précise et entra dans la salle à manger. Là, il trouva Gilberte Nugent occupée à ramasser les jouets qui traînaient par terre. C'était une grande femme dont la silhouette se perdait dans les plis d'un peignoir coûteux mais constellé de taches. Ses cheveux courts n'étaient pas peignés et son visage soucieux n'était pas maquillé, mais cela ne l'empêchait pas d'être jolie – plus jolie que Martha, qui était pourtant toujours extrêmement soignée. Elle n'avait pas tout à fait vingt-huit ans.

Tout en entassant les jouets dans une boîte, elle salua distraitement son mari et ordonna à son fils aîné :

– Glen, fais couler ton bain immédiatement. Désolé, mon chéri, je comptais vraiment être prête avant ton retour.

– Comme tous les soirs, quoi ! dit-il d'un ton sarcastique en se baissant pour ramasser les jouets. Enfin, il faut croire que la beauté et l'efficacité ne vont pas de pair. Venez, les mômes. Tous à la flotte ! Ce qu'il nous faut, c'est de la production en série... A la réflexion, non : c'est justement notre problème, la production en série.

– Non, mon chéri, assieds-toi et lis le journal, dit Gil sans grande conviction. Je me débrouillerai.

– C'est que je veux dîner, moi ! Donc, il faut que je donne un coup de main... Tu sais, il m'est arrivé quelque chose de bizarre en rentrant.

Il poussa les enfants dans la salle de bains et entreprit de les déshabiller. Par la porte ouverte, il cria à sa femme :

– Pourquoi cette panique générale ? Mrs Radeck n'est-elle pas venue aujourd'hui ?

– Je suis rentrée tard. En plus, John m'a vue passer en voiture devant chez lui et m'a invitée à entrer. Nous avons commencé à bavarder et... tu sais ce que c'est.

– Non, je ne sais pas. Je n'ai pas le temps de baguenauder à longueur de journée. Comment va la vieille radine ?

– Je te prie de ne pas parler ainsi d'Alison. Qui s'est occupée de moi quand j'ai été malade ? Et qui nous garde les enfants quand nous avons envie de sortir ?

– Laisse-moi te raconter ce qui s'est passé.

Ed plongea à tour de rôle les enfants dans la baignoire, les savonna, les sortit de l'eau, leur tendit une serviette et un pyjama. Rapidement, il changea le bébé et l'habilla.

– Pour commencer, dit-il, j'ai failli rentrer dans une voiture arrêtée au milieu de la route. Une vieille guimbarde. Je ne l'avais pas vue dans le brouillard.

– A qui était-elle ?

– C'était la première fois que je la voyais.

J'imagine que le conducteur, ne connaissant pas la colline, a préféré marcher plutôt que de prendre le risque de conduire.

– C'était peut-être la voiture des nouveaux voisins. Ils ont emménagé aujourd'hui.

Ed posa le bébé par terre, nettoya la baignoire et fourra les serviettes dans la corbeille à linge. Ceci fait, il éteignit la lumière et entra dans la spacieuse cuisine jaune et blanche, équipée d'appareils ménagers tout neufs. Une table à dessus de verre et six chaises étaient disposées dans un coin. Gil sortit une nappe rose, des assiettes en porcelaine blanche, et entreprit de mettre le couvert.

– Ensuite, reprit Ed, quand je suis arrivé en haut de la côte, j'ai vu quelqu'un sur la route. Je ne sais pas qui c'était, mais le quidam – homme ou femme – s'est enfui en courant, comme s'il ne voulait pas que je le voie.

– Quoi ?

– Tel que. J'ai arrêté la voiture et, à ce moment-là, j'ai entendu du raffut dans les buissons. Je suis sorti explorer les environs, mais je n'ai trouvé personne.

Gil, qui essayait de faire asseoir les garçons tout en écoutant l'histoire d'Ed, parvint enfin à installer son petit monde à table.

– Quel genre de raffut ? demanda-t-elle en servant chacun de purée et de poulet grillé.

– On aurait dit deux chiens qui se couraient après. C'était peut-être ça, d'ailleurs. Pourtant, c'est bien une silhouette humaine qu'il m'a semblé voir en haut de la côte. Remarque, j'ai pu me tromper ; on n'y voyait pratiquement rien... Pourquoi mets-tu le couvert sur la belle table ? Si tu cherches à être aussi sophistiquée que Martha, tu pourrais commencer par te coiffer quand je rentre.

– Oh, tu n'es jamais content ! Si je fais les choses comme d'habitude, tu me reproches de ne pas ressembler à Martha. Et si je fais les choses comme Martha, tu me reproches de chercher à être sophistiquée. Je me demande parfois si les hommes n'épousent pas un certain type de femme dans le seul but d'en faire un autre type de femme.

Ed l'attrapa par sa blouse et l'attira à lui.

– Je t'aime telle que tu es. Je m'étonne simplement que tu n'arrives pas à t'en sortir alors que tu es plus aidée que toutes les femmes de notre entourage.

Il voulut lui mordiller l'épaule mais Gil s'esquiva pour aller chercher à la cuisine les petits pains et la salade. Lorsqu'elle revint, les deux aînés se disputaient le sel. Elle leur tendit à chacun une salière, en soupirant :.

– Ne le répète à personne, mais j'en ai plus que marre des enfants.

Puis, sur le même ton, elle dit au bébé :

– Est-ce que le petit chouchou à sa maman mange bien sa purée ? Tiens, mon bijou, voilà un morceau de poulet.

Le bébé lui lança le morceau de poulet à la figure.

– John m'a raconté quelque chose de bizarre, reprit-elle.

– Si Alison te propose encore de nous préparer un gâteau, dis-lui de se le mettre...

– Ed ! l'interrompit Gil en jetant un coup d'œil aux garçons.

– D'accord, d'accord. Continue, je t'écoute.

– Alison a trouvé un livre qui est apparemment tombé du camion de déménagement des nouveaux voisins...

Le bébé lança les petits pains sur Ed, qui se pencha pour les ramasser.

– Si le petit chouchou à sa maman recommence à jeter quelque chose, dit-il, il aura droit à une fessée sur le popotin.

Mais sa voix n'était pas vraiment menaçante. C'était un avertissement dépourvu de sévérité.

– Et sais-tu de quoi traite ce livre ? Des meurtres d'enfants.

– Chouette ! Nous y trouverons peut-être des idées pour nous débarrasser d'un ou deux des nôtres. Je te propose d'envoyer les gosses se coucher plus tôt ce soir, pour que nous soyons...

Il s'interrompit, l'oreille tendue, le regard fixé sur les vitres opaques. Finalement, il se leva et baissa les stores.

– Qu'y a-t-il ? demanda Gil qui l'observait avec nervosité.

– Sans doute rien. Il m'avait semblé entendre quelque chose.

– Quoi donc ?

– Des pas dehors. Mais j'ai dû me tromper. Allons, ne te mets pas dans tous tes états. Voilà encore un point sur lequel je voudrais que tu ressembles à Martha : je voudrais que tu cesses d'avoir toujours peur de tout. A propos de meurtres d'enfants, j'ai eu douze gosses à mon cabinet aujourd'hui. Il a fallu arracher une dent à l'un, faire des plombages à huit autres... Je les aurais tous tués ! Par-dessus le marché, ce satané Vince est venu faire un tour. En voilà un qui se prend vraiment pour le nombril du monde ! Je lui ai dit que c'était sacrément plus facile d'être un bon médecin qu'un bon dentiste. A ce qu'il paraît, il lui a fallu un an pour découvrir...

Il s'interrompit. Gil ne l'écoutait pas. Elle dressait l'oreille tout en versant de la bière dans le verre de son mari.

– Je ne voudrais pas te gâcher ton plaisir, dit-il, mais n'importe qui est susceptible de lire un ouvrage sur les meurtres d'enfants. Même moi. Ça m'intéresserait aussi de me documenter sur les singes anthropoïdes.

– En attendant, tu ne lis que des westerns.

– Ecoute, je suis aussi intellectuel que n'importe qui. D'ailleurs, la question n'est pas là. Le problème, avec vous autres femmes, c'est que vous n'avez rien à faire de la journée. Vous vous ennuyez tellement que vous seriez prêtes à accueillir un meurtrier pour donner...

– J'entends quelque chose, intervint soudain Glen en dressant l'oreille.

Ses parents le regardèrent. Gil se tamponna la bouche avec sa serviette et se leva. A cet instant, comme sur un signal, la sonnerie de la porte d'entrée retentit. Gil s'immobilisa.

– Quelle plaie, dit Ed, ces gens qui dérangent leur prochain pendant le dîner...

– Attends, Ed. N'ouvre pas avant de savoir qui c'est.

Elle le suivit dans le living-room.

– Qui est là ? s'enquit Ed d'une voix forte.

Gil se cramponna à son bras. Les secondes s'écoulèrent sans que personne ne réponde. Ils s'entre-regardèrent, sourcils froncés. Gil chuchota :

– Je pourrais peut-être appeler Martha en lui demandant de prévenir la police si nous ne l'avons pas rappelée dans cinq minutes.

– Pour que Dick en fasse des gorges chaudes pendant des mois ? Merci bien !

Ed ouvrit la porte à moitié et scruta le brouillard. A côté de lui, Gil retenait sa respiration. Sur le seuil, la brume formait une sorte de mur. Il n'y avait personne.

Ed se pencha et jeta un regard circulaire.

– Qui est là ? cria-t-il.

Brusquement, une voix – plus proche qu'ils ne s'y attendaient – émergea de la vapeur mouvante. D'un seul mouvement, ils battirent en retraite.

– Qui c'est, maman ? demanda Glen.

Gil se retourna juste à temps pour empêcher son fils de se faufiler dehors.

– Rentre, chuchota-t-elle. Où sont les autres ? Cours vite voir si la porte de derrière est fermée à clef. Et reste près du téléphone. Si jamais tu m'entends crier, appelle Martha.

– Je me suis égarée, dit la voix. Pourriez-vous m'indiquer comment aller chez les Earnshaw ? Je cherche le cottage qui se trouve en face de chez les Earnshaw.

– Ah ! dit Gil. Ce sont les nouveaux voisins.

Tenant toujours Glen, qui ne lui avait pas obéi, elle fouilla la grisaille du regard. La voix ne se rapprocha pas pour autant.

– Attendez, dit Ed. Je vais chercher une lampe de poche et vous accompagner.

L'étreinte de Gil sur son bras se resserra.

– Non, merci, dit la voix. Indiquez-moi simplement le chemin, je me débrouillerai.

Pour autant qu'ils pussent en juger, la voix – hautaine, impatiente – n'était pas celle d'une personne jeune.

– Comme vous voudrez, dit Ed, vexé. Vous verrez la maison des Douglas sur votre gauche. Tournez à droite et descendez la pente jusqu'à la première maison à droite. Le cottage des Earnshaw est en face.

A travers le brouillard, aucun remerciement ne leur parvint. Seulement l'écho de pas qui s'éloignaient sur la route. Ils restèrent tous les trois sur le seuil jusqu'à ce que le bruit se fût dissipé, puis Ed referma la porte. En silence, ils regagnèrent la salle à manger et reprirent leur dîner interrompu. Au bout d'un moment, Gil alla vérifier que la porte de derrière était bien fermée.

– Pas à dire, nous avons notre lot de timbrés dans le coin, déclara enfin Ed. Je me demande si c'est cette femme que j'ai vue dans les buissons. Qu'est-ce qu'elle pouvait bien fabriquer ?

Il but quelques gorgées de bière et remplit de nouveau son verre.

– Ce que je me demande, moi, dit Gil en s'asseyant, c'est pourquoi elle n'a pas voulu se montrer.

CHAPITRE II

Une abeille dans mon oreille. Des lumières qui clignotent. Dès que tu sens que ça arrive, dit Maman, cherche un endroit tranquille. Personne ne doit savoir. Dès que ça commence, cours te mettre à l'abri des regards.

Les gens disent que c'est ton intérêt d'être seule quand tu es malade. Ça leur donne bonne conscience. Et comme ça, au lieu d'aller te voir, ils peuvent sortir, jouer au bridge, faire les magasins. Tous les jours seule, seule, seule.

C'est mon bébé et je veux le garder, dis-je. On n'a pas le droit de me prendre mon bébé. Tu as promis.

Tu ne peux pas emmener un bébé à Clinton, dit-elle. Le bébé sera beaucoup mieux ici. Tu seras bien soignée à Clinton.

Elle s'assit dans le brouillard et regarda autour d'elle, hébétée. On ne distinguait que de tourbillonnantes volutes noires. Une fois de plus, elle sentit la panique familière s'emparer d'elle. Où était-elle ? Comment était-elle arrivée là ?

C'était toujours la même chose. Après une crise, elle perdait la mémoire pendant un certain temps. Parfois, elle avait de longs trous noirs qu'elle n'arrivait jamais à combler, même par la suite. Une sorte de trou dans sa vie, un accroc impossible à repriser. C'était arrivé bien souvent. Une fois, en reprenant conscience, elle s'était retrouvée dans une boutique, une petite mercerie.

– Qu'est-ce que vous voulez ? Qu'est-ce que vous faites là ? avait demandé le commerçant d'un air soupçonneux.

Elle l'avait regardé sans comprendre. Elle ignorait les réponses à ces questions ; tout ce qu'elle savait, c'était que si elle ne filait pas rapidement, il appellerait la police. Elle était sortie en courant, passant devant des boutiques inconnues – des drugstores, des épiceries, des magasins de meubles – devant des enseignes qui ne lui disaient rien. Elle ne savait pas où elle était, quel jour c'était, depuis combien de temps elle errait ainsi. C'était toujours le même horrible cauchemar. Si elle demandait de l'aide, il lui faudrait affronter la police, les questions. Or elle devait éviter la police. Ça, elle le savait.

Au mieux, on la renverrait à Clinton. Au pire...

Les petites filles. Combien y en avait-il eu ? Elle se rappelait parfaitement quatre d'entre elles. Rien que de les évoquer, un frisson d'excitation la parcourut. Etrangement, elles se ressemblaient toujours *après,* même si elles étaient très différentes au départ. Elles avaient toutes les yeux grands ouverts, exorbités, la langue pendante, le teint décoloré. Elles étaient laides, hideuses.

Et personne ne savait. Personne n'était assez malin pour deviner. Pas même J.C. Elle ne s'était jamais fait prendre – sauf pour la dernière, celle qu'ils avaient réussi à ranimer. Mais ils n'avaient pas établi de lien entre celle-là et les autres. Elle s'y était trop bien prise. Certaines n'avaient jamais été retrouvées. Elle en avait jeté une dans le lac, une autre dans un puits désaffecté. Celle-là avait continué de crier après qu'elle l'eut jetée dans le vide : elle n'en était pas sûre, mais elle avait entendu des bruits.

C'était bien fait pour elles. On lui avait pris sa petite fille. Un bébé tout blond, bouclé comme un garçon. On la lui avait enlevée et elle n'avait jamais pu la revoir.

Elle était toute sale, couverte de boue dégoûtante. Elle s'était roulée dedans pendant sa crise. Combien de temps était-elle restée inconsciente ? Parfois, ça ne durait que quelques minutes. D'autres fois, elle dormait pendant des heures d'affilée. Que pouvait-elle faire, en l'occurrence ? Elle était seule sur une route déserte, dans le brouillard, et elle était couverte de boue.

Cache-toi tout de suite quand tu sens que ça arrive, dit Maman. Si jamais quelqu'un apprend ce qu'il en est, nous t'enverrons à Clinton. Ah, cette enfant ! Toujours à se morfondre. Pourquoi ne va-t-elle pas jouer dehors, comme les autres enfants ? Elle reste toujours seule, tapie derrière les portes. Un rien l'effraie. Comment ai-je pu avoir deux enfants aussi différents ? J.C. est beau, intelligent, tandis qu'elle... elle n'a rien. Sans J.C., je n'aurais pas la force de continuer ainsi. Si seulement elle avait un peu d'assurance, si elle était capable de se mettre en valeur !

Laisse-la y aller, dit grand-père.

C'est une petite peste égoïste, dit Maman. As-tu vu ce qu'elle a fait ?

Punis-la d'une autre manière, dit grand-père. Cela fait des mois qu'elle se réjouit à l'idée d'y aller.

Une petite peste égoïste, dit Maman. Non, elle n'ira pas. Point final. Cesse de pleurnicher, petite peste.

Laisse-la y aller, dit grand-père. Pour cette fois.

Toi, ne t'en mêle pas, dit Maman. J'ai suffisamment de soucis comme ça. Si je vous renvoyais de la maison, tous les deux, j'aurais peut-être un peu la paix. Une fille détraquée et un vieillard impotent...

Elle ne connaissait pas cette route. Mais les

buissons qui bordaient la chaussée étaient trop épais pour qu'on puisse s'y enfoncer ; elle ne risquait donc pas de se perdre dans la nature. Etait-elle dans une autre ville, comme la dernière fois ? Il fallait qu'elle trouve un poteau indicateur. Ç'avait été plus facile la dernière fois, dans la mesure où elle y voyait et n'était pas couverte de boue. Si seulement J.C. était là...

Elle avait vu J.C. récemment. Elle en était sûre. Tout récemment. Où était-ce ? Etait-il allé la voir à l'hôpital ? Elle avait attendu, attendu...

Non, elle s'était enfuie. Elle s'était échappée et s'était réfugiée auprès de J.C.

Elle accéléra le pas. La mémoire lui revenait, et elle en éprouvait un tel soulagement que ça la remplissait d'énergie. A présent, elle se rappelait. J.C. lui avait acheté une maison et c'était là qu'elle allait... L'infirmière – non, elle n'était pas encore arrivée – la voiture était quelque part. Le brouillard était si dense qu'elle avait abandonné la voiture... Il lui fallait repérer un poteau indicateur ou une maison... mais à ce moment-là, on la verrait. Combien de temps restait-il avant le lever du jour ? Si seulement elle pouvait savoir combien de temps avait duré sa crise... Elle avait envie d'être chez elle. Elle avait envie de se changer, de se maquiller et de mettre les vêtements qu'elle avait achetés. Maman serait fière d'elle tellement elle était jolie avec son maquillage et sa nouvelle toilette. En outre, elle n'était plus craintive ni timide. Elle était capable d'adresser la parole à n'importe qui. Elle était capable de se prendre en charge. Elle ne voulait pas d'une infirmière qui rôde autour d'elle. Elle n'avait pas besoin d'infirmière.

Elle vit de la lumière à travers les arbres. Peut-être était-ce la maison des Earnshaw ? La sienne était juste en face. Heureuse, excitée, elle se mit à trotter. Elle était impatiente de prendre un bain et de se changer. Elle n'avait qu'à regarder le nom inscrit sur la plaque pour être sûre... Ce n'était pas « Earnshaw » mais « Nugent ». J.C. n'avait pas mentionné ce nom-là. Immobile, elle s'efforça de réfléchir. Augusta King n'était pas timide. Celle qui était timide, c'était Laura. La vieille Laura. Rien à voir avec elle, Augusta King. N'empêche, elle ne pouvait se montrer ainsi crottée.

Elle contourna la maison, essayant de trouver une fenêtre au rez-de-chaussée. Soudain, il lui sembla entendre des voix. Sur la pointe des pieds, elle s'approcha de la fenêtre éclairée. A travers les lames du store vénitien, elle vit une femme, un homme et trois enfants en train de dîner. Elle les observa un moment, puis s'éloigna sur la pointe des pieds.

De retour à la porte de devant, elle sonna et battit vivement en retraite vers la route. Après une attente qui lui parut longue, deux silhouettes voilées de brume apparurent dans l'embrasure de la porte.

– Qui est là ? cria l'homme.

Elle eut un petit rire silencieux. L'homme paraissait inquiet ; effrayé, même. Elle était capable de les effrayer, si elle le voulait, tous ces braves gens, beaux et suffisants, qui ne voulaient pas entendre parler d'elle. Ces braves gens qui la jugeaient indigne d'eux parce qu'elle avait des crises. Des gens à la voix douce, bien polis et aimables, mais qui ne la voyaient pas. Ils bavardaient ensemble, ils faisaient des courses ensemble, ils allaient au restaurant ensemble. Ils passaient devant elle, mais ils ne s'arrêtaient jamais. Jamais ils ne lui proposaient de se joindre à eux.

Mais elle était capable d'attirer leur attention. Elle était capable de les effrayer, tous autant qu'ils étaient. Elle était capable de transformer leurs nuits en cauchemars, d'effacer leur sourire, de rendre leurs cheveux blancs. Elle l'avait déjà montré. Elle l'avait montré avec la mère de la petite fille qui avait disparu dans le puits. Elle pourrait faire la même chose à cette femme-là.

– Je me suis égarée ! dit-elle d'une voix forte. Pourriez-vous m'indiquer comment aller chez les Earnshaw ? Je cherche le cottage qui se trouve en face de chez les Earnshaw.

Elle observa les deux silhouettes fantomatiques, sur le seuil, qui chuchotaient comme des gamins effrayés. L'homme se pencha pour scruter le brouillard.

– Attendez, dit-il. Je vais chercher une lampe de poche et vous accompagner.

L'idiot ! L'espèce d'imbécile !

– Non, merci. Indiquez-moi simplement le chemin, je me débrouillerai.

Elle écouta attentivement les explications pour

bien s'en souvenir. Par certains côtés, elle avait une mémoire remarquable. C'était étrange d'avoir une mémoire aussi bonne pour certaines choses et aussi mauvaise pour d'autres. L'idiot l'avait renseignée très clairement. On trouvait toujours des idiots pour vous aider quand on en avait besoin. Les médecins, par exemple. Ils s'étaient montrés si gentils, si compatissants pendant qu'elle leur racontait ses mensonges ! Et la mère de la fillette qu'elle avait failli étouffer avec l'oreiller... Celle-là avait continué malgré tout à lui confier le bébé. Même J.C. était un idiot.

Elle passa devant la pancarte des Douglas et tourna à droite. En bas de la côte, elle distingua les lumières de la maison des Earnshaw. L'autre cottage était invisible. Elle remonta l'allée en trébuchant, piétina les herbes hautes et les broussailles. Enfin, elle trouva les marches du perron.

Les déménageurs avaient laissé la porte ouverte. Immobile sur le seuil, elle attendit que ses yeux s'accoutument à l'obscurité, mais les ténèbres demeurèrent impénétrables. Méthodiquement, elle tâtonna le long du chambranle et pressa l'interrupteur. La lumière inonda la pièce.

Clignant des paupières, elle se tourna instinctivement vers les fenêtres pour voir si elle était à l'abri des regards. D'un geste vif, elle baissa les stores en papier. Puis elle examina la pièce. On avait entassé les meubles partout, sans logique particulière. Le plancher était éraflé et maculé de boue. Des caisses et des malles étaient empilées dans la petite cuisine, à gauche de l'entrée.

Ainsi donc, c'était là le cottage que J.C. lui avait acheté. C'était ça, la grande maison sur la colline qu'il lui avait toujours promise. C'était pour ça qu'il avait épousé une riche jeune fille. Pour pouvoir s'occuper d'elle. C'était ce qu'il avait dit.

Nous devons la cacher, dit Maman. Au moins jusqu'au mariage. Les parents refuseraient leur accord s'ils voyaient Laura. Nous devons donner sa chance à J.C.

Il n'y a qu'à l'envoyer à l'école, dit tante Lalia. Ainsi, elle restera à l'écart. Il faut reconnaître qu'elle réussit bien en classe.

Si seulement c'était J.C. qui avait obtenu cette bourse ! dit Maman. Pourquoi a-t-il fallu que ce soit Laura ? Une pomme pourrie...

Il y avait des pommes sur le Jolly Roger. *Jim se cachait dans le tonneau, à moins que ce ne soit derrière le tonneau ? L'aveugle était à ses trousses. Tap-tap, tap-tap, il se rapprochait de plus en plus dans le noir.*

Est-ce la première ou la seconde sonnerie ? Il m'arrive parfois d'oublier. Si je ne fais pas attention, ils me renverront de l'école. Miss James dit que je ne me concentre pas. Si je ne me concentre pas, je ne pourrai pas rester. Les Francs, Aix-la-Chapelle et Pépin le Bref, petit-fils de Charles Martel. Prononcer « Sharl ».

Il a la nuque hérissée de minuscules fétus de paille qui vous donnent envie de les embrasser un à un. Sur le crâne, ses cheveux ressemblent à de la soie ; mais sur la nuque, ce sont des fétus de paille. Miss James dit que je ne me concentre pas. Que dirait-elle si elle savait à quoi je pense ? A-t-elle jamais eu envie d'embrasser quelqu'un sur la nuque ?

Elle entra dans la salle de bains et ouvrit le robinet. Au moins, J.C. avait pensé à l'eau chaude. De toute façon, le cottage lui-même importait peu ; il n'avait pas besoin d'être très grand. Dans la matinée, elle se mettrait en chasse. Elle commencerait à chercher des petites filles.

CHAPITRE III

En fin d'après-midi, deux jours après l'événement, on frappa à la porte des Earnshaw. Martha alla ouvrir.

C'était un agent de police. Pas le plus âgé – celui qui venait parfois se renseigner sur des chiens perdus – mais le jeune qu'elle voyait de temps à autre en ville.

– Mrs. Earnshaw ?

Il était embarrassé et quelque peu hésitant,

comme s'il craignait d'avoir l'air trop solennel. Au prix d'un effort, il reprit d'un ton plus ferme :

– Etes-vous la mère de Peggy Earnshaw ?

Martha se cramponna au chambranle de la porte.

– Que... ? Il lui est arrivé quelque chose ? Où... ?

Le policier rougit de confusion.

– Oh ! non, il ne lui est rien arrivé du tout. Je voudrais simplement lui parler.

Martha le regarda d'un air effaré, puis s'aperçut qu'elle avait froid.

– Entrez, voulez-vous ? Je craignais bien qu'on ne finisse par s'intéresser à Peggy.

Sans sourire, l'agent de police franchit le seuil et resta debout dans l'entrée.

– C'est à propos de la petite fille qui a été étranglée vendredi. Vous êtes certainement au courant ? Nous désirons interroger tous les enfants qui la connaissaient.

Martha fouilla nerveusement dans son sac, en sortit ses cigarettes et en alluma une.

– Peggy la connaissait ? dit-elle en se laissant tomber sur le divan.

Le journal local – un hebdomadaire – n'avait pas encore rapporté l'événement, mais la radio, les quotidiens de la métropole et les gens du pays en avaient parlé. C'était le premier meurtre de toute l'histoire de la ville.

– Votre fille n'y a-t-elle fait aucune allusion ? Elles étaient dans la même classe à l'école.

Martha avait lu la nouvelle – sans s'attarder sur les détails – dans le journal du samedi. Sur le moment, elle avait été horrifiée ; mais maintenant, cela lui semblait loin. Presque aussi irréel que la mort d'un millier de Chinois décimés par la famine ou par une inondation.

– Non, dit-elle, Peggy n'en a pas parlé. Je suppose qu'elle n'est pas encore au courant.

– Pourrais-je lui parler une minute ?

– Mais... pourquoi ? Qu'attendez-vous d'elle ?

– Je sais que c'est une chance bien mince, Mrs Earnshaw, mais nous ne voulons rien laisser au hasard. La petite Linda a peut-être dit à une de ses amies qu'une certaine personne l'ennuyait, par exemple, ou...

– D'après les journaux, elle a été tuée alors qu'elle rentrait à pied chez elle après un goûter d'enfants. Pourquoi n'interrogez-vous pas plutôt les enfants qui étaient à ce goûter ?

– Nous l'avons fait, naturellement. Ils n'ont pu nous donner aucun renseignement utile. Comme l'institutrice nous a dit que la petite s'entendait bien avec votre fille...

– Oh, Peggy s'entend bien avec tout le monde. Ça m'ennuie beaucoup que vous l'interrogiez.

– Je ferai attention, madame, dit l'agent de police d'un ton plus ferme. Je veux simplement lui parler quelques minutes.

Martha se leva, fourragea distraitement dans le placard et en sortit un blouson de cuir appartenant manifestement à un homme.

– Elle joue je ne sais où, dit-elle. Je vais vous la chercher.

– Je vous accompagne, dit le policier. Il est bien tard pour laisser une gamine toute seule dehors, non ?

Martha ferma la porte derrière eux. Elle ne s'était pas rendu compte que les jours raccourcissaient à ce point. Après un instant d'indécision, elle revint rapidement sur ses pas, jeta un coup d'œil sur le bébé endormi, chassa le chat de la chambre et verrouilla les portes.

Ils remontèrent la route, faisant crisser les gravillons sous leurs pas. Instinctivement, Martha tourna son regard vers le cottage d'en face, en se demandant une fois de plus si elle rencontrerait un jour ses invisibles voisins. Ils étaient installés depuis maintenant des semaines, or Martha ne leur avait toujours pas adressé la parole. S'il n'y avait eu la voiture garée sur le côté, on aurait pu croire la maison inhabitée. Petite et laide, elle avait été conçue à l'origine pour servir de cottage d'été ; elle comportait, à gauche de l'entrée, une cuisine en longueur ; à droite, un living-room ; derrière, une chambre et une salle de bains. Les fenêtres n'étaient pas éclairées.

En silence, Martha et le policier suivirent la route bordée de caroubiers aux feuilles rougeâtres, de bouleaux et de chênes dépouillés. De chaque côté, les branches formaient un entrelacs dont les lignes, délicates sur le fond du ciel, s'épaississaient à mesure qu'elles se rapprochaient du sol. Des feuilles décomposées s'accrochaient encore à certaines branches, résolues à tenir jusqu'à ce que d'autres leur prennent la place ; celles qui avaient renoncé à lutter gisaient par terre, formant une couverture bruissante. De sinistres craquements de feuilles provenaient de différentes parties des bois, mais chaque fois que Martha tournait la tête, elle ne voyait que le ciel décoloré et la terre noirâtre. Au loin, on entendit des poules caqueter.

Il n'y avait pas d'enfants au sommet de la côte. Martha se dirigea vers la maison des Douglas et frappa à la porte de la cuisine. Alison lui ouvrit aussitôt.

– Quelle bonne surprise ! dit-elle avec chaleur. Entrez prendre une tasse de café. J'imagine que vous avez été attirée par l'odeur de mes petits gâteaux...

– Je ne peux pas rester, l'interrompit Martha. Il y a là un agent de police qui voudrait interroger Peggy au sujet de la fillette qui a été tuée. Peggy est-elle chez vous ?

Alison jeta un coup d'œil par-dessus l'épaule de Martha.

– Peggy connaissait donc la petite ?

– Elles étaient dans la même classe. Avez-vous vu Peggy, Alison ?

– Non. Ou plutôt, si : elle est venue tout à l'heure, mais elle est repartie avec Glen.

– Merci.

Martha se détourna. Puis, se rappelant quelque chose, elle ajouta à la hâte :

– Pourriez-vous me garder les enfants samedi ? A partir de sept heures et demie ?

– Pas de problème. Attendez... disons plutôt huit heures. Je dois faire visiter une maison...

– Huit heures, d'accord. Je laisserai les gosses seuls une demi-heure et Peggy vous ouvrira la porte.

Martha remonta vivement le sentier et annonça au policier :

– Elle est chez les Nugent.

Ils pressèrent le pas, car il faisait plus froid. Ils passèrent devant le panneau marqué « Nugent », traversèrent un vaste jardin de rocaille et s'arrêtèrent devant le porche imposant. Sans frapper, cette fois, Martha ouvrit la porte et appela : « Peggy ! » Personne ne répondit. Ils entrèrent dans le living-room et entendirent des voix à l'étage.

– Jacques a dit : « Mettez les mains sur les hanches ! » disait Gil.

Suivie du policier, Martha monta l'escalier. Gil était assise sur le divan du studio, entourée de ses trois garçons, de Peggy et du chien. A la vue de sa mère, Peggy s'écria :

– Je ne veux pas rentrer maintenant !

Sur ce, elle vit l'agent de police.

Par réflexe, Gil ramassa les crayons de couleur et les cartes qui traînaient par terre ; puis, se redressant, elle regarda le policier. Elle jeta un coup d'œil vers Martha, puis reporta son attention sur les enfants.

– Je vous présente Mr... commença Martha d'un ton hésitant.

– Gilgardi, acheva le policier. Et voilà Peggy ?

Sans s'occuper des garçons, il s'accroupit devant la fillette et lui dit : « Salut ! » Il semblait beaucoup plus à l'aise avec les enfants qu'avec les adultes.

– Salut, dit Peggy d'une petite voix timide, en se retournant pour voir où était Glen.

Martha ouvrit la bouche pour parler, mais l'agent de police l'interrompit :

– Si je suis là, Peggy, c'est parce que j'ai une question à te poser. Je voudrais savoir si tu connais une petite fille qui s'appelle Linda Fine.

Glen chuchota quelque chose à l'oreille de sa mère, mais Gil le fit taire. Elle se rongeait un ongle en serrant ses deux aînés contre ses genoux. Le petit dernier tirait sur la veste d'uniforme du policier.

– Oui, répondit Peggy d'une voix étouffée.

– Etait-elle... je veux dire, est-elle pour toi une amie intime ?

– C'est quoi, une amie intime ? demanda Peggy à Martha.

De nouveau, le policier ne laissa pas à Martha le temps de répondre :

– Est-ce que tu la connaissais bien ?

– Ben, oui. Enfin... non.

– Tu ne sais pas ?

– On joue à la marelle dans la cour. Mais ce n'est pas une amie aussi intime que Joanie.

A présent, Peggy parlait avec plus d'assurance ; elle appréciait d'être le centre de l'attention générale.

– Peggy, je vais te poser une question importante. Tâche de bien te souvenir. Linda t'a-t-elle parlé, à un moment ou à un autre, d'une personne inconnue qui l'ennuyait ? T'a-t-elle dit si quelqu'un avait déjà essayé de la faire monter dans une voiture ?

Peggy se mit à glousser. Elle regarda Glen, qui pouffa à son tour.

– Peggy ! dit Martha d'un ton sec.

Sans se départir de son calme, l'agent de police expliqua patiemment :

– Si je te demande ça, c'est parce que quelqu'un a voulu faire du mal à Linda et que nous voulons attraper cette personne. Essaie de réfléchir... T'a-t-elle dit s'il lui était arrivé ces temps-ci quelque chose d'étrange, de bizarre ?

– Je ne sais pas si c'est étrange, mais elle m'a dit hier...

– Hier ? répéta le policier, surpris, en se tournant vers Martha.

– Tu n'es pas allée à l'école hier, Peggy, dit Martha en esquissant une grimace.

– On est quel jour, aujourd'hui ? s'enquit Peggy.

– Lundi. C'est sans doute vendredi que tu as vu Linda.

– Oui, c'est ça, vendredi ! reprit Peggy, toute excitée par l'histoire qu'elle avait à raconter. Elle m'a dit qu'on lui avait téléphoné pour lui demander si sa mère était à la maison. Elle a répondu oui, et à ce moment-là on a raccroché.

CHAPITRE IV

Lorsque l'agent de police eut vérifié que Peggy n'avait pas d'autres renseignements à lui fournir, Martha rentra chez elle. A peine était-elle arrivée que le téléphone se mit à sonner. La standardiste lui demanda de rester en ligne. Il s'agissait d'un appel interurbain.

Martha fut prise d'une vague nausée, comme toujours quand elle était excitée.

– Maman ? dit-elle. C'est toi, maman ?

A l'autre bout du fil, une voix calme et chaleureuse se fit entendre :

– Comment vas-tu, ma chérie ? Comment vont Dick et les enfants ?

– Tout le monde va bien. J'espère que tu appelles pour annoncer votre venue, au moins ? Peggy ne supporterait pas une nouvelle déconvenue. Quant au bébé, si ça continue, il ne vous reconnaîtra pas.

– A vrai dire, ma chérie, ça ne s'arrange pas très bien. Mais rassure-toi, nous viendrons dès que ton père pourra prendre...

– Amène-le de force, maman ! Comment va-t-il ? Est-ce qu'il suit son régime ? Comment vont Betty, Rory et les enfants ?

– Très bien. Martha, je te demande de ne pas te fâcher, mais... je n'ai pas pu fermer l'œil depuis que j'ai lu dans les journaux les détails de cette horrible affaire. Il fallait absolument...

– Maman, par pitié...

– ... que je t'appelle. Dire que ça s'est passé en ville, près de chez vous ! En plus, quand j'ai reçu ta lettre parlant de ces mystérieux voisins que tu ne vois jamais...

– Voyons, Maman, si je t'ai parlé des nouveaux voisins, c'était uniquement parce que je cherchais quelque chose à te raconter. Tu ne vas pas te mettre martel en tête pour tous les gens un peu bizarres qui courent de par le monde !

Martha décida de ne pas mentionner la visite du policier ni le fait que Peggy connaissait la petite victime.

– Je savais que tu serais fâchée. Mais cette histoire est tellement atroce, et Peggy est si souvent seule dehors... Je te conjure de la surveiller de plus près. Pas plus tard que l'autre jour, je lisais un article expliquant que les gens restaient jeunes jusqu'à ce qu'il leur arrive quelque chose et... bref, j'ai oublié le raisonnement, mais c'était plein de bon sens...

– J'en suis sûre, maman chérie. Parlons d'autre chose. Essaie de venir un de ces jours avec papa, je t'en prie. Rory est parfaitement capable de s'occuper de l'usine...

– Nous viendrons très vite, promis. Comment va Dick ? Il n'est pas en voyage d'affaires, j'espère ? Ça m'ennuie terriblement qu'il s'absente ainsi en te laissant seule... T'ai-je dit que Mrs. Noonan était morte d'une crise cardiaque ? Et Charles Horton s'est marié. Je n'aurais jamais cru que sa mère...

– La communication va te coûter une fortune, maman. N'oublie pas de dire à papa...

– Compte sur moi, ma chérie. Et toi, veille bien sur Peggy. Et dis à Dick de ne pas tant voyager. Je t'écrirai pour te dire quand nous venons.

Après avoir raccroché, Martha s'attela aux préparatifs du dîner. Sans perdre une minute, elle éplucha une salade, mélangea de la farine, de la levure, de la matière grasse et du lait pour confectionner des pains au lait. Puis elle prépara la viande et mit le couvert. Ceci fait, elle baigna les enfants, les mit en pyjama et les installa devant le poste de télévision. Elle était en train de rouler la pâte lorsqu'on frappa un coup à la porte d'entrée. Elle s'immobilisa, le rouleau à pâtisserie en l'air. C'était une heure inhabituelle pour une visite. Qui cela pouvait-il être ? Sûrement pas Gil ou Alison : elles seraient passées par derrière ou seraient entrées directement. Martha s'essuya les mains et alla dans le living-room. Les yeux fixés sur l'écran de télévision, Peggy n'accordait aucune attention à la porte.

Martha alluma la lanterne extérieure et regarda à travers le panneau vitré. Elle vit une femme entre deux âges, grisonnante et plutôt corpulente. L'inconnue avait un pâle visage semé de taches de rousseur, des petits yeux bleus, un nez pointu et des lèvres minces. Martha hésita une seconde avant d'ouvrir.

– Je m'appelle Beverly Urey, déclara la femme avec un sourire gêné. J'habite la maison d'en face.

– Ah ! fit Martha, prise de court.

Elle considéra la visiteuse avec curiosité et ouvrit tout grand la porte.

– Entrez, je vous en prie.

– Je suis confuse de vous déranger. Vous êtes certainement très occupée.

Manifestement, la femme était embarrassée, mal à l'aise. Elle jeta un coup d'œil autour d'elle.

– Bonjour, dit-elle à Peggy.

La bouche entrouverte sous l'effet de la concentration, Peggy leva la tête, dit « B'jour » et reporta aussitôt son attention sur la télévision.

– C'est très impoli de se présenter ainsi chez des gens qu'on ne connaît pas, reprit la visiteuse. Mais je viens juste d'arriver et je me suis aperçue que ma... que mon amie n'avait pas fait de provisions. Il n'y a rien dans la maison et les magasins sont fermés à cette heure-ci. Il me faudrait simplement un peu de café et deux tranches de pain ; je vous rendrai le tout demain, dès l'ouverture des ma...

– Naturellement, l'interrompit Martha. Venez par ici.

Un peu plus détendue, la femme suivit Martha dans la cuisine.

– Que c'est bien arrangé chez vous ! C'est beaucoup plus douillet que chez nous.

– Merci. Vous n'avez besoin de rien d'autre, vous en êtes sûre ? Si vous n'avez pas de provisions du tout, vous devriez prendre...

– Oh ! non, je vous remercie. Je pourrai me débrouiller jusqu'à demain.

– Laissez-moi faire.

Martha mit dans un sac en papier un pot de café, une plaquette de beurre, une demi-douzaine d'œufs, une bouteille de lait et des petits pains. Incapable de réfréner sa curiosité, elle s'enquit :

– Vous êtes deux à habiter en face ?

– Oui. Mon amie s'appelle Augusta King. Je... euh... je m'occupe d'elle.

– Est-elle donc malade ?

Prenant conscience de tout ce que Martha mettait dans son sac, la femme protesta :

– Oh, je ne vais pas prendre tout cela ! Merci beaucoup, mais je n'ai pas besoin...

Son embarras faisait peine à voir.

– Vous n'aurez qu'à me rapporter demain ce qui ne vous aura pas servi, lui dit Martha.

– Eh bien... d'accord. Il faut que je rentre, à présent. Merci infiniment. Je vous rendrai vos provisions dans la matinée.

– Miss King est-elle malade ? répéta Martha en raccompagnant sa visiteuse.

– Pas exactement, non. Mais elle a besoin de quelqu'un auprès d'elle car elle est parfois sujette à des défaillances. C'est son frère qui m'a engagée. Si jamais vous cherchez quelqu'un pour garder votre petite fille, sachez que je suis à votre disposition. J'aime beaucoup les enfants.

Un peu surprise, Martha bredouilla :

– Euh... je vous remercie. D'habitude, je demande à Mrs. Douglas, l'une de mes voisines.

– Eh bien, si un jour elle a un empêchement,

n'hésitez pas à faire appel à moi. Je... surtout, ne vous méprenez pas : ce sera du baby-sitting gratuit. Pour moi, il s'agit simplement de rendre service à une voisine.

– C'est trop gentil de votre part, mais il n'est pas question que je...

– C'est bien ça, vous avez cru que ma proposition était intéressée ! jamais je n'accepterais d'argent d'une voisine.

– Je ne vois pas pourquoi. Alison accepte bien, elle.

– Le salaire que je touche pour m'occuper d'Augusta me suffit largement.

Elle se tourna vers Peggy, qui chantonnait une comptine à son frère en essayant de lui mimer les paroles :

– Ainsi font, font, font, les petites marionnettes... trois petits tours et puis s'en vont !

Miss Urey s'accroupit devant la fillette.

– Attends, dit-elle, je vais te montrer comment on fait.

Elle leva les mains verticalement à hauteur de son visage et les fit tourner alternativement dans un sens et dans l'autre, en cadence :

– Ain-si font, font, font, les pe-ti-tes ma-rionnettes. Ain-si font, font, font, trois petits tours et puis s'en vont. Fai-tes, fai-tes la cla-quet-te, les pe-tites ma-rion-net-tes. Met-tez les mains sur les cô-tés, ma-rion-net-tes et puis dan-sez !

– Encore ! s'exclama Peggy en riant.

Elles recommencèrent, après quoi Peggy réclama une troisième démonstration.

– Ça suffit, ma chérie, intervint Martha.

La visiteuse se redressa, le visage empourpré par l'effort.

– Mille mercis, dit-elle. Vous avez été si gentille que je vous apporterai un gâteau demain. J'aime beaucoup faire la cuisine.

Passablement confuse, Martha bredouilla :

– Euh... je vous remercie.

Elle resta sur le seuil à regarder sa voisine s'éloigner. Quelques instants plus tard, les fenêtres de la maison d'en face s'éclairèrent, mais Martha ne put rien voir car lès stores étaient baissés. Se rappelant ses biscuits, elle retourna à la cuisine.

Elle entendit, en haut de la côte, les deux coups de klaxon habituels du vieux tacot que prenait Dick tous les jours pour aller à la gare. Elle ôta son tablier et alla se recoiffer dans la chambre.

– Voilà papa ! s'écria Peggy en bondissant sur ses pieds. Bonjour, papa !

La voiture s'arrêta dans un grincement de freins. Puis, comme toujours, il y eut une pause – le temps que Dick prenne ses journaux et son attaché-case – suivie d'une galopade dans l'allée. Il entra dans le living-room comme un boulet de canon mais fut freiné dans son élan par Peggy qui lui emprisonnait les jambes. Il jeta en vrac sur le bureau ses journaux, sa serviette et son courrier.

– Lily Belle, mon amour, je suis là ! dit-il à

Martha. Oh, c'est vrai, tu n'es pas Lily Belle... Tu es Martha. Je n'arrive plus à m'y retrouver.

Il se libéra de l'étreinte de Peggy en faisant de grands gestes désordonnés, comme s'il était couvert de sangsues qu'il lui fallait arracher une à une avant qu'elles ne disparaissent sous sa peau.

– Comment va le brave mec ? dit-il en ébouriffant les cheveux du bébé, qui se mit à hurler.

Il jeta sa cravate sur le divan, son pantalon sur le lit et sa veste sur une chaise. Puis, tout en enfilant un jean, il s'enferma dans la salle de bains et s'observa dans la glace. Martha l'entendit s'exclamer, d'une voix comiquement fervente : « Mon Dieu, pourquoi m'avez-vous tant donné à moi et si peu aux autres ? » Au bout d'un moment, il se décida à sortir. C'était un homme mince, aux traits fins et agréables, un peu plus grand que Martha. Il avait un sourcil légèrement plus haut que l'autre, ce qui lui donnait un air perpétuellement interrogateur. Ses yeux marrons étaient petits et bridés, et il avait apparemment eu dans sa jeunesse des problèmes d'acné, car sa peau avait – encore maintenant – un aspect granuleux.

– Que diriez-vous de prendre un verre, messieurs-dames ?

Il examina les bouteilles d'alcool alignées sur une étagère et en prit une. Il pressa deux citrons, prépara des whiskies sours et en tendit un à Martha.

– Qu'as-tu fait de beau aujourd'hui ? lui demanda-t-il.

– Pas grand-chose, répondit Peggy.

Son père la toisa d'un œil sévère, ce qui la fit glousser.

– Tu poses la question sans grand enthousiasme, dit Martha en faisant asseoir les enfants à table. On croirait que tu viens de lire un article sur l'art et la manière de traiter bobonne.

– C'est sur ce ton-là que tu m'as demandé : « Quoi de neuf à l'usine aujourd'hui ? »

– Un agent de police est venu, papa. Quelqu'un veut faire du mal à Linda, alors l'agent m'a demandé si quelqu'un l'avait appelée et je lui ai dit que oui.

Sans accorder la moindre attention à Peggy, Dick s'assit et entreprit de découper le steak.

– C'est vrai, dit Martha. Il venait à propos de la *jeune fille* [1] qui...

– Tu avais promis de ne plus faire de cachotteries devant moi ! protesta Peggy.

– Comment dit-on « étranglée » en français ?

Dick leva la tête et rencontra le regard de Martha.

– Et à part ça, dit-il, quoi de neuf ?

Tacitement d'accord pour reporter la conversation à plus tard, Martha enchaîna :

– J'ai fait la connaissance de notre nouvelle voisine...

– Pour ça, je te fais confiance. La trouves-tu à ton goût ?

– En fait, il s'agit de deux femmes célibataires. Celle que j'ai rencontrée est l'infirmière – ou la

(1) En français dans le texte.

dame de compagnie – de l'autre. Elle s'appelle Beverly Urey. L'autre est une certaine Augusta King. Miss Urey m'a fait une excellente impression. Ce sera certainement une voisine agréable. Elle s'est proposée pour garder les enfants. Gratuitement. Et en plus de ça, elle va me préparer un gâteau pour me remercier de lui avoir donné du café... Alison va avoir des chatons.

– Je pourrai en avoir un ? dit Peggy.

– Martha chérie, soupira Dick en beurrant un petit pain, toi qui es un être raisonnablement raisonnable... Allons bon, voilà toute mon argumentation à l'eau : l'hypothèse de départ est fausse. Tant pis, admettons que tu sois un être raisonnablement raisonnable... Martha chérie, penses-tu vraiment que tu puisses avoir toujours raison et Alison toujours tort ? Je veux dire...

– Devine où nous allons samedi soir.

– Au lit. Pour ma part, c'est là que j'irai.

– Devine.

– Je suis sérieux. Plus de sorties pour moi pendant six mois.

– Devine, te dis-je.

– Bon. Ne me dis rien, je veux trouver tout seul. Nous allons chez le président Eisenhower ?

– Non, mais tu n'es pas loin.

– Tu peux toujours te fouiller pour que j'aille chez Nixon !

– Nous allons chez les Quennel !

– Merveilleux. Et qui sont les Quennel ?

– Ne me dis pas que tu ne le sais pas ! Ils sont

parents des propriétaires du lac...

– Papa, intervint Peggy, Joanie a été méchante avec moi aujourd'hui.

– Ces crétins ! Plutôt crever...

– Des crétins ? Ils possèdent des centaines d'hectares de...

– Peut-on pêcher dans le lac ?

– Que veux-tu que j'en sache ? S'ils sont propriétaires d'un lac de cette taille...

– C'est bien, j'irai.

– Non, papa, ce n'est pas bien. Elle m'a giflée.

Dehors, quelqu'un appela : « Martha ! ». Quelques instants plus tard, la porte s'ouvrit et Gil entra.

– Oh ! excusez-moi, vous êtes encore à table. J'oublie toujours que Dick sort tard de son travail.

Les joues rougies par le froid, elle s'immobilisa sur le seuil, hésitante. Elle portait un pantalon de velours noir et un caban noir, et elle s'était fait des anglaises.

– Bonsoir, ma charmante ! s'exclama Dick.

Martha se leva.

– Ne restez pas plantée là, asseyez-vous. Vous allez prendre le dessert avec nous.

– Ne vous dérangez pas. Bonsoir, Dick. Salut, Peg. Ça fait des siècles qu'on ne s'est vus. – Elle se laissa tomber sur une chaise. – Je n'ai pu résister, il fallait que je vous en parle. J'ai laissé Ed avec les enfants. Devinez ce qui s'est passé ?

– Vous vous êtes fait inviter chez le président Eisenhower, déclara Dick.

Elle le regarda, se demandant où était la

plaisanterie, mais elle renonça à élucider le mystère.

– J'ai signalé l'incident à la police.

Martha et Dick s'arrêtèrent de manger et levèrent la tête.

– Peggy, dit Martha, prends ton assiette et va dans le living-room. Tu as la permission de dîner devant la télévision.

– Vous voulez vous débarrasser de moi, dit Peggy.

– Obéis à ta mère, intervint Dick.

Lorsque Peggy eut quitté la pièce, Gil reprit :

– Le téléphone a sonné pendant que j'habillais le bébé et c'est Glen qui a répondu. Une femme lui a demandé si sa mère était à la maison ; il a dit oui, et elle a raccroché.

De la pièce voisine leur parvint la voix de Peggy :

– Ah, ah ! C'est marrant !

Les trois adultes échangèrent un regard et Martha alla fermer la porte. Dick avait l'air perplexe.

– C'est de ça que je voulais te parler, lui expliqua Martha. Ce policier est venu interroger Peggy parce que la petite Linda Fine était dans sa classe.

– J'ignorais cela, murmura Dick en posant sa fourchette.

– Il a demandé à Peggy si Linda lui avait parlé d'un incident étrange qui lui serait arrivé. D'après Peggy, quelqu'un avait téléphoné à Linda pour lui demander si sa mère était là. Et quand Linda a répondu oui, la personne a raccroché... Comme si elle essayait de trouver un enfant qui soit seul chez lui.

– Si je ne me trompe, cette Linda je-ne-sais-quoi a été tuée en rentrant chez elle après un goûter d'enfants ?

– Oui, mais il semble que quelqu'un la surveillait de près. Ce goûter a fourni à l'assassin l'occasion qu'il attendait.

Dick se remit à manger.

– C'est ridicule ! Peggy a sans doute inventé toute cette histoire. Quant à Glen... a-t-il entendu Peggy raconter ce bobard ?

– Oui, il était là quand le policier a interrogé Peggy.

– La voilà, la preuve ! Il a tout inventé.

Gil se passa la main sur le front.

– Je n'en suis pas sûre. J'ai entendu le téléphone sonner...

– C'était probablement un de ses amis.

– Je me demande si c'est très prudent de laisser Peggy seule une demi-heure samedi, dit Martha.

Effaré, Dick déglutit avec peine et s'exclama :

– Tu vas laisser Peggy seule... ?

– Juste pendant une demi-heure. Nous sommes invités chez les Quennel à sept heures et demie et Alison ne pourra pas être là avant huit heures.

– Je viendrais volontiers, dit Gil, mais Ed travaille tard le samedi. Tous les clients qui ne peuvent pas venir pendant la semaine se pointent le samedi...

– Je dirai à Peggy de verrouiller la porte, dit Martha. Je suis sûre qu'il n'y aura pas de problème. Dick a raison : c'est très possible qu'elle ait inventé cette histoire.

CHAPITRE V

Par la fenêtre de la salle à manger, Peggy regardait la lune voguer sur les flots nuageux. Lorsqu'une grosse vague déferla sur elle, la lune plongea pour l'éviter, puis émergea de nouveau à l'air libre. Très peu de clarté filtrait à travers les nuages.

Peggy reporta son attention sur la télévision, en continuant à manger la glace et les petits gâteaux que sa mère lui avait laissés. Elle avait changé de chaîne, car le programme que Martha avait sélectionné pour elle ne lui plaisait pas. L'homme qui n'aimait pas sa femme était assis sur la véranda et contemplait les arbres. Au bout d'un moment, sa femme apparut derrière lui, tenant le flacon de parfum accusateur. Immobile, elle attendit que l'homme remarque l'objet qu'elle avait à la main. Soudain – à la grande surprise de Peggy – le mari laissa tomber sa tête sur ses bras et se mit à pleurer. C'était très excitant.

A cet instant, le téléphone sonna. Contrariée, Peggy posa délicatement son assiette et alla répondre dans la cuisine.

– Ici Peggy. Qui est à l'appareil, s'il vous plaît ?

Sur le moment, elle n'entendit rien. Pourtant, la communication était certainement établie ; sinon, il y aurait eu la tonalité indiquant que la ligne était libre. Et l'appareil fonctionnait normalement, puisqu'elle percevait un léger bruit de fond. Finalement, une voix qu'elle ne connaissait pas demanda :

– Ta mère est-elle partie ?

– Oui, répondit Peggy, désireuse d'en finir au plus vite afin de retourner regarder l'homme pleurer.

– Es-tu seule ?

– Non, je suis avec Dickie.

– Ton petit frère ? Il n'y a personne d'autre ? Tu dois te sentir bien seule... Veux-tu que je vienne te tenir compagnie ?

– Je ne sais pas. Et vous, vous avez envie ?

– J'arrive. Je suis la dame qui habite la maison d'en face. Miss King.

Il y eut un déclic. On avait raccroché.

Sur l'écran, la femme faisait une scène à son mari. Recroquevillé sur lui-même, l'air malheureux, l'homme ne se défendait pas.

On frappa à la porte. Tournant la tête, Peggy vit des phalènes papillonner contre le panneau vitré. Elle alla tirer le verrou et fit entrer une femme assez corpulente, juchée sur des hauts talons, vêtue d'une robe rayée et d'un manteau de fourrure comme si elle allait au bal. Elle avait de flamboyants cheveux roux et un visage peinturluré que Peggy trouva très séduisant. Debout sur le seuil, la femme la regarda.

– Il y a des papillons de nuit qui entrent, fit observer Peggy.

La visiteuse ferma la porte et jeta un coup d'œil circulaire dans le living-room. Puis elle alla dans la cuisine, scruta les ténèbres extérieures et revint dans la pièce.

– Aimez-vous la télévision ? s'enquit Peggy, histoire de se montrer polie.

C'était une question de pure forme, car elle n'avait nullement l'intention d'éteindre le poste – même en cas de réponse négative. Elle s'assit, mit deux doigts dans sa bouche et continua de suivre le film. Sans y être invitée, la femme s'installa sur le même fauteuil qu'elle et lui caressa les cheveux. Peggy sentit la fourrure lui chatouiller le cou. Elle se remit à manger sa glace, tout en écoutant le mari expliquer d'un air accablé pourquoi il avait fait ça. La nature du « ça » parut fort obscure à Peggy ; elle crut néanmoins comprendre que, si l'homme aimait bien l'autre femme, c'était parce qu'elle lisait les mêmes livres que lui.

– J'ai eu une petite fille, autrefois, dit Miss King.

– Vous voulez de la glace ? proposa Peggy.

– Mais ma petite fille, elle, était blonde aux yeux bleus.

D'ordinaire, Peggy était très bavarde ; mais en l'occurrence, elle aurait bien voulu que sa visiteuse parlât un peu moins. Elle n'arrivait pas à entendre ce que disait l'homme. Elle fut tentée de faire une réflexion à Miss King, mais elle savait que cela ne plairait pas à sa mère. Elle se tortilla pour échapper à la main qui la caressait.

– Où est Miss Urey ? dit-elle pour faire diversion. J'aime bien Miss Urey.

– Et moi, tu ne m'aimes pas ? dit la femme en retirant sa main.

Peggy baissa les yeux, l'air coupable.

– Si, murmura-t-elle.

– Mets ton manteau. J'ai chez moi des chocolats et des jouets que je voudrais te montrer.

L'homme était maintenant silencieux ; sa femme était la seule à parler. Il était question de livres – rien de bien intéressant.

– Voulez-vous jouer à cache-tampon ? proposa Peggy.

– Nous allons y jouer chez moi. Où est ton manteau ?

– Je ne peux pas partir. Je garde Dickie.

– Ce ne sera pas long. De toute façon, ton petit frère dort ; il ne s'apercevra même pas de ton absence. A quelle heure ta mère doit-elle rentrer ?

Miss King paraissait nerveuse. Elle se leva pour aller regarder par la fenêtre.

– Est-ce que je pourrai rapporter les chocolats ici ? demanda Peggy.

– Oui. Tu n'as pas besoin de prendre ton manteau, c'est juste en face.

– D'accord.

Peggy éteignit la télévision, en se demandant ce que penserait sa mère de cette escapade.

– Vous ne le direz pas à maman ? s'inquiéta-t-elle.

– Non, je ne le dirai pas à ta mère.

Peggy s'élança vers sa chambre et ouvrit tout doucement la porte. Elle prit son chandail vert – celui qu'elle mettait tous les jours – et sortit de la pièce sur la pointe des pieds. Puis elle retourna dans le living-room, en prenant au passage le chat pelotonné sur le divan.

– Je peux emmener Sugar ?

– Non, non, dit Miss King d'un ton impatient.

Prenant Peggy par la main, elle l'entraîna vivement vers la porte. Elle recula aussitôt, manquant renverser Peggy.

– Pourquoi ne m'as-tu pas dit que ta mère revenait tout de suite ? siffla-t-elle d'une voix furieuse, méconnaissable.

– Maman est là ? bredouilla Peggy, interloquée et apeurée. Je ne savais pas... – Elle retira son chandail à la hâte. – Ne lui dites rien, hein ?

Miss King tournait la tête de tous côtés, comme un oiseau cerné par des chats. Finalement, elle s'élança vers la porte de la cuisine.

– C'est entendu, nous ne dirons rien, lança-t-elle par-dessus son épaule. Je vais sortir par là.

Elle déverrouilla la porte et se faufila dehors. Peggy la regarda s'éloigner, puis elle alla jeter un coup d'œil par la vitre de la porte d'entrée.

– Ce n'est pas maman, idiote ! dit-elle à l'adresse de Miss King qui était déjà partie. C'est Alison.

Elle ouvrit la porte, laissant entrer un papillon de nuit, et cria :

– Salut, Alison !

– Salut, Peggy.

Alison monta prestement les marches et ferma vivement la porte.

– La maison va être envahie d'insectes. – Elle

éteignit la lanterne extérieure. – Tu ne t'es pas sentie trop seule ?

– Non. Vous voulez bien jouer à cache-tampon ?

Alison jeta son blouson sur un siège et alla mettre du café à chauffer dans la cuisine.

– D'accord, mais dans cinq minutes seulement. Qu'avons-nous à manger ?

– Des petits gâteaux.

Après réflexion, Peggy décida de ne pas parler de Miss King. Elle risquait de se trahir et d'avouer par mégarde qu'elle avait failli laisser Dickie seul.

– Des petits gâteaux et de la glace, dit-elle.

CHAPITRE VI

Lorsqu'Alison rentra de chez Martha, John l'attendait. Il était contrarié pour deux raisons : l'une d'ordre général – la saison était mauvaise pour l'immobilier – l'autre d'ordre particulier : il n'approuvait pas les activités de baby-sitter de sa femme. Aussi, quand il s'aperçut que le livre était toujours sur les rayonnages, ce fut la goutte qui fit déborder le vase. Dès le retour d'Alison, il donna libre cours à son courroux.

– Nom d'un chien, combien de fois t'ai-je demandé d'aller rendre ce satané bouquin ? cria-t-il sans même lui laisser le temps de ranger son blouson.

Alison le regarda d'un air surpris et se dirigea vers la penderie. La lumière de l'unique lampe adoucissait son visage, faisant ressortir les reflets roux et dorés de ses cheveux bruns. La pièce elle-même dégageait un charme illusoire.

– Qu'est-ce qui me vaut cette sortie ? s'enquit-elle.

– Tu veux que je te le dise ? *Tout !* Je n'aime pas que tu me laisses seul le soir, je n'aime pas que tu fasses du baby-sitting, je n'aime pas ton attitude en général. Ne pourrais-tu pas, pour une fois, faire ce qui doit être fait et rendre ce livre ?

– Qu'entends-tu par « mon attitude » ?

– Tu le sais parfaitement. Ton esprit mercantile... mais merde, ne cherche pas à détourner la conversation ! Pourquoi n'as-tu pas rendu ce livre ?

Alison s'assit et prit son tricot.

– Je ne sais toujours pas ce que tu entends par « mon attitude ».

– Je veux dire par là que... Ecoute, n'est-il pas possible que tu sois pour Martha et Gil une amie et non une... une cuisinière et une baby-sitter ? Je... Pourquoi ne fais-tu pas davantage de choses avec elles...

– Gil et Martha s'occupent de l'association des parents d'élèves et d'un tas de clubs féminins. Moi, ce genre d'activités n'est pas mon style et je ne vois pas l'intérêt de perdre mon temps à prouver qu'on a réussi sa vie mondaine. Martha consacre les trois-quarts de son existence à exposer en détail sa conception de ce qu'elle appelle les gens « bien »...

– Pour en revenir à ce livre...

– Quel livre ?

– Tu le sais fichtrement bien, quel livre ! Celui qui appartient aux deux nouvelles voisines.

– Ah, oui ! Je l'avais complètement oublié. Si elles veulent le récupérer, elles n'ont qu'à venir le réclamer.

Le front plissé, elle concentra toute son attention sur sa laine magenta.

– Je vais les appeler sur-le-champ pour leur dire que tu as...

– Sur-le-champ ? répéta Alison en lâchant son tricot. Il est une heure et quart. De toute façon, elles te diront fatalement que ce livre est à elles.

– Pourquoi, si ce n'est pas vrai ?

– Voyons, c'est comme si tu demandais à une personne si elle a perdu un billet de dix dollars ! Elle répondra oui, forcément.

– Pas *moi*.

Il alla prendre le livre sur l'étagère et le feuilleta, en parcourant les titres des chapitres : *L'assassin des Thibodaux, Quel mobile l'a poussé à agir ?, Vingt enfants plus tard...* Il lut quelques passages au hasard et demanda :

– As-tu jeté un coup d'œil dessus ?

– Vaguement. C'est horrible. J'en ai eu l'estomac retourné.

Il approcha l'ouvrage de la lumière pour examiner quelque chose.

– On a effacé un nom sur la page de garde.

Alison se leva pour regarder. Sous les traces de grattage, elle distingua de pâles marques d'encre.

– Quels sont les prénoms de ces deux femmes ? demanda John.

– Augusta et Beverly. C'est Martha qui me l'a dit.

– Eh bien, elles se sont apparemment procuré ce bouquin par hasard, elles aussi. La personne à qui appartenait ce livre à l'origine avait un prénom commençant par un L.

– Si ça se trouve, elles se cachent sous un faux nom. D'après ce que j'en sais, cette Beverly Urey m'a l'air trop gentille pour être honnête.

Toujours absorbé dans l'examen du livre, John s'assit à son bureau et alluma la petite lampe. Soulagée de ne plus avoir à subir les critiques de son mari, Alison l'observa.

– Si l'une de ces femmes avait un prénom différent avant de venir ici, c'était Laura, dit-il enfin.

Ce prénom sembla éveiller en lui un vague souvenir. Il réfléchit quelques instants, puis déclara en riant :

– Dis donc, cette folle qui s'est échappée de l'asile... ne s'appelait-elle pas Laura quelque chose ?

Alison leva la tête, ne sachant pas trop s'il plaisantait ou non.

– Tu ne parles pas sérieusement ?

– Tu ne te souviens pas de cette histoire ? Il me

semble bien que la folle en question se prénommait Laura.

– Il n'y a qu'à chercher dans le journal pour en avoir le cœur net.

– Je ne me rappelle pas quand les journaux en ont parlé.

– Tu ne penses pas qu'il faudrait prévenir la police ?

Cette fois, ce fut lui qui demanda :

– Tu ne parles pas sérieusement ? Que leur dirais-tu ?

Alison réfléchit à la question, puis se remit à tricoter avec rapidité.

– C'est ce qui est expliqué dans ce livre, dit-elle. Le meurtrier avait un comportement bizarre mais personne n'y faisait attention. Même à l'hôpital psychiatrique, on l'a laissé partir. Et il a assassiné vingt enfants.

CHAPITRE VII

Immobile sous un arbre, sur le côté de la maison, elle observait. Elle avait été induite en erreur. Ce n'était pas Mrs Earnshaw mais Mrs. Douglas. Pourquoi Peggy ne lui avait-elle pas dit que Mrs. Douglas devait venir ? La sale petite sournoise !

Ce n'est pas la peine de pleurer, dit Maman.

Laisse-la rester, dit grand-père.

Certainement pas ! dit Maman. Les Graff vont arriver. Que penseraient-ils s'ils la voyaient faire une crise en plein milieu du living-room ?

Les Graff, les Graff ! dit grand-père. Et Laura, alors ? C'est ta fille. Que t'importent les Graff ?

Ça suffit, papa. N'oublie pas que tu es ici chez moi.

C'est Noël, dit grand-père.

Quand nous serons grands, je te construirai une maison au sommet d'une colline, dit J.C.

Ne pleure pas, dit grand-père.

C'est magnifique, dit tante Lalia. Chut, cesse de pleurnicher. Quand tout le monde sera parti, je t'emmènerai en bas et tu pourras le voir. Mais tu auras seulement droit aux lumières du sapin, pas aux grandes illuminations.

Les flocons bruissaient, bruissaient contre la vitre. Les flocons s'embrassaient, la neige tintait, murmurait. C'était magnifique. Absolument magnifique. Sept cygnes qui nagent, six poules qui pondent, cinq anneaux d'or, quatre merles, trois oies, deux tourterelles et une perdrix dans un poirier.

Cesse de pleurer, petite sotte, dit Maman. cesse de pleurer. Rentre ta tête et ferme la fenêtre. Elle ferait n'importe quoi pour se faire plaindre. A croire qu'elle veut attraper une pneumonie. Arrête de pleurer.

La neige mourut.

Regarde, Laura, dit grand-père. De la dinde et

une tarte avec de la crème fouettée. Voilà ton cadeau, Laura.

Je n'en veux pas. Je n'en veux pas. Tu m'avais promis une poupée.

Chut, mon petit, je t'en offrirai une quand j'aurai plus d'argent.

Je n'en veux pas.

Chut, mon petit.

Celle-là, toujours à pleurer ! Comme l'enfant qui criait au loup. T'ai-je raconté l'histoire de l'enfant qui criait au loup ? Il donna l'alerte une première fois. Les chasseurs accoururent, mais il n'y avait pas de loup. De nouveau, il rameuta les chasseurs. Toujours pas de loup. Il recommença... et le loup dévora le petit garçon.

Elle ne pouvait pas voir ce qui se passait chez les Earnshaw, à moins de monter sur le perron pour jeter un coup d'œil à travers le panneau vitré de la porte. La maison avait un rez-de-chaussée surélevé.

Ne risquait-elle pas de se trouver dans une situation délicate si jamais la gamine parlait ? Non, elle n'aurait qu'à dire qu'elle était allée tenir compagnie à Peggy car elle avait remarqué que les parents de la petite étaient partis en la laissant seule.

N'empêche, la tension devenait insupportable. Si seulement elle avait pu en finir ce soir ! Elle ne pouvait pas passer son temps à guetter une occasion favorable. Malgré la présence de Mrs. Douglas, elle fut tentée de retourner sur-le-champ dans la maison pour en terminer une bonne fois. Elle n'aurait qu'à s'occuper des deux. Mais c'était très difficile d'étrangler une adulte ; il fallait avoir beaucoup de force. Elle savait par expérience à quel point ça pouvait être difficile avec un adulte.

Prenant soin de ne pas marcher sur des branches cassées ou des feuilles mortes, elle retraversa la route. Elle commençait à avoir mal à la tête et se sentait nerveuse, irritable. La porte n'était pas fermée à clef. Elle entra sans allumer. Tâtonnant dans l'obscurité, elle alla dans sa chambre et s'allongea sur le lit.

En haut de la colline, Eban dit : Regarde-moi.

Elle était verte, comme l'arbre collé sur le ciel. La glissade commença. Derrière, c'était blanc comme des plumes et les patins crissaient. Eban fonça droit sur moi. Je me mis à pleurer. Il m'évita au dernier moment et s'enfonça en cahotant dans les buissons.

A ton tour maintenant, Laura, dit Eban.

La neige commençait à tomber. Des petits flocons blancs qui tourbillonnaient, s'embrassaient. Ils marchaient trop vite. Des lumières multicolores à toutes les fenêtres.

Il n'y a pas de courrier aujourd'hui, idiote, dit Eban.

Attendons-la, dit J.C. Elle pleure.

Elle n'aura qu'à retrouver le chemin toute seule, dit Eban.

Que cherches-tu, petite fille ? demanda l'homme.

Je ne sais pas.

Comment ça, tu ne sais pas ? Pourquoi restes-tu

plantée là comme si tu étais perdue dans le brouillard ?

Je vais à la maison.

Je devrais peut-être prévenir quelqu'un. Ton attitude n'est pas normale, petite fille.

Je vais à la maison.

Deux pierres. J'ai déjà vu cet endroit. Où donc ai-je déjà vu cet endroit ? J'aurais dû rester à la maison. Pourquoi suis-je partie ? Je cherchais quelque chose. Oui, il y avait quelque chose que je cherchais. Ils chuchotent. Ils m'observent. Si seulement ils pouvaient donner une indication... Voilà une route. Celle-là, je la connais. Je suis à l'angle de chez Jimson. Comment suis-je arrivée là ? Combien de temps suis-je partie ?

Il ne fallait pas qu'elle perde le fil de ses idées. Maman disait toujours qu'elle était incapable de se concentrer. Mais elle avait tellement mal à la tête... A quoi pensait-elle, déjà ? Où était-elle allée ? Elle venait d'aller quelque part.

Peggy ! Elle était allée voir Peggy. Il fallait qu'elle dresse un plan. La prochaine fois, elle ne pourrait pas se contenter d'attendre une occasion propice. Il fallait qu'elle dresse un plan minutieux comme elle l'avait fait pour la fillette du puits. La prochaine fois, il n'y aurait pas d'accroc.

CHAPITRE VIII

Les Douglas, qui étaient arrivés un quart d'heure trop tôt, entendaient Peggy fredonner dans la pièce voisine : « J'ai des souliers, j'ai des souliers, on a tous des souliers, on a tous des souliers. Même bébé. » Alison fit le tour du living-room en examinant les plats. Elle prit un toast au fromage, une pleine poignée d'amandes grillées et plusieurs friandises multicolores disposées dans une croustade artistement confectionnée.

Martha entra à cet instant, un plateau de verres dans les mains.

– Bonsoir, dit-elle. Vous êtes ravissante, Alison.

– Ma robe vous plaît-elle ? C'est une Ceil Chapman. C'est une de mes clientes qui me l'a donnée, dit-elle en se servant de cacahuètes.

Dans la chambre, Dick déclara à Peggy :

– Si tu ne te calmes pas, ce n'est pas des souliers mais le martinet que tu vas avoir !

La femme de ménage qui venait chez Martha une fois par semaine entra dans le living-room, vêtue d'un uniforme noir et d'un tablier blanc. Elle présenta à Alison une assiette en céramique contenant des petits feuilletés chauds.

– Ma parole, s'exclama Alison en riant, on a mis les petits plats dans les grands ! Vous me gavez tellement que je n'aurai pas faim tout à l'heure.

Elle était débordante de gaieté.

– Papa, dit Peggy, un des garçons de la classe est

allé au rodéo. Il paraît que c'est bon pour les enfants. La preuve, c'est que Glen y est allé. Est-ce qu'on peut répéter un secret quand on a promis de se taire ?

– Non, il ne faut jamais répéter un secret.

Dick borda sa fille en toute hâte et prit la fuite.

– Seigneur, les enfants ! soupira-t-il en rejoignant les autres dans le living-room. Bonsoir, Alison. Bonsoir, John.

John examinait la collection de disques en chantonnant :

– J'ai des souliers. Tu as des souliers. Tous les enfants de Dieu ont des souliers...

Une voiture s'arrêta devant la maison et des voix se firent entendre. Dick alla ouvrir la porte. Un groupe de six personnes entra dans la pièce, qui retentit bientôt de conversations, de rires trop forts et de tintements de verres. Martha présenta aux Douglas deux des nouveaux arrivants.

– Vous êtes bien les Quennel qui sont propriétaires du domaine, n'est-ce pas ? s'enquit Alison.

Un sourire figé sur les lèvres, Martha entraîna les Quennel vers un autre coin de la pièce. Dick mit son pardessus pour aller changer sa voiture de place, tandis que l'une des invitées, une jeune femme petite et mince, proposait de donner un coup de main à la cuisine.

Martha, qui servait les boissons, n'accordait pas trop d'attention aux propos qu'échangeaient les invités. Cependant, de temps à autre, des bribes de conversation lui parvenaient.

– C'est plus qu'un simple architecte, déclarait une femme assise sur le divan. C'est un symbole de la démocratie jeffersonienne.

Adossée à la cheminée, Alison parlait d'une *tragédie humaine* [1] du Sud :

– Si ses livres se vendent si mal, expliquait-elle à son interlocuteur, c'est parce qu'il se donne un mal fou pour être incompréhensible. A petites doses, il est merveilleux. Mais si on en abuse, son œuvre frise le ridicule.

Soudain, une phrase émergea plus distinctement que les autres :

– ... exactement comme la petite Linda, disait une femme à John. Mais là, il s'agit d'une femme plus âgée. Elle a été étranglée avec un foulard.

A l'instant où Martha allait se joindre à la conversation, d'autres voix retentirent au dehors. C'était Gil, Ed et un autre couple. A la vue de Gil, l'expression de Martha se transforma. Son masque d'amabilité un peu artificielle s'adoucit de façon perceptible, comme si on l'avait plongé dans de l'eau. Elle accueillit Gil avec plus de décontraction que les autres invités. La jeune femme lui sourit et lui tendit un sac en plastique rempli de glaçons.

– Puis-je faire quelque chose ? demanda-t-elle.

– J'ai la situation bien en mains, répondit Martha.

Avant de fermer la porte, Gil lança par-dessus son épaule :

(1) En français dans le texte.

– Isabel, vous allez geler à rester dehors comme ça ! – Se tournant vers Martha, elle lui dit avec une grimace : – Elle ne laisse pas échapper la moindre occasion.

Martha émit un petit rire et conduisit Gil dans la chambre. Gil posa son manteau sur le lit et se considéra dans la glace. Sa jolie tête émergeait d'une robe à pois en rayonne, très moulante et vaguement inadaptée à la circonstance.

– Je n'ai jamais vu une femme comme elle.

– Qui ça ? dit Martha. Oh ! Isabel... Franchement, ce n'est pas elle qui brisera mon ménage.

– Je le sais, mais je l'ai enguirlandée quand elle s'est attaquée à Ed.

– Vous n'avez aucune confiance en vous.

Gil observa la silhouette de Martha, sa coûteuse robe en velours noir, ses énormes boucles d'oreilles en or et ses cheveux ramassés en chignon.

– Vous êtes superbe, dit-elle.

En réalité, elle trouvait la robe de Martha un peu austère, mais elle avait envie de dire quelque chose de gentil.

De la cuisine leur parvint un bruit de vaisselle brisée. Elles entendirent Alison déclarer :

– Voilà ce qui arrive quand on fait appel à du personnel sélect.

Martha leva les yeux au ciel.

– J'ai supplié Dick de me laisser snober les Douglas, pour une fois.

– Venez, dit Gil en riant. Entrons dans la mêlée.

– Ce que je sais, disait Ed à un autre homme,

c'est que notre mixer a été déclaré le meilleur par l'Union des Consommateurs. Le vôtre est le plus mauvais appareil de tout le marché.

Gil rejoignit son mari.

– Ne faites pas attention à ce qu'il dit, déclara-t-elle en souriant. Il souffre d'un complexe d'infériorité en ce moment.

– Qu'est-ce que c'était, cette histoire de femme étranglée ? demanda Martha à John.

– Je te prierai de ne pas te mêler de mes conversations, dit sèchement Ed à sa femme.

A cet instant, Dick entra avec Isabel. Le visage rougi par le froid, il claqua la porte d'entrée en soufflant sur ses mains pour les réchauffer.

– A la bonne heure ! dit-il. Qu'est-ce qu'on boit ?

Il alla à la cuisine, suivi de Martha. Il sortit des glaçons du réfrigérateur et entreprit de doser le gin et le vermouth.

– Gil voudrait savoir ce que vous faisiez dehors, Isabel et toi, dit-elle à voix basse.

Il prononça un mot pour toute réponse.

– Dans ce cas, dit-elle en lui tendant son verre, tu dois avoir besoin de ça.

– Si tu persistes à organiser ces cocktails où on s'écrase les pieds, maugréa-t-il, Isabel finira par me conquérir.

Martha l'embrassa sur l'oreille.

– Ah, les femmes ! soupira-t-il. Elles ne peuvent pas me laisser tranquille.

– Allons-y, dit Martha.

– Où ça ? Au lit ?

Elle lança un coup d'œil à la domestique – qui ne leur accordait aucune attention – et poussa son mari vers le living-room. Puis, mettant la dernière main à ses préparatifs, elle examina le vacherin dans le congélateur, sortit les bouteilles de vin, goûta le ragoût en cocotte, posa le saladier sur la table et sortit les petits pains du four.

Peu à peu, les invités vinrent remplir leurs assiettes à la cuisine et regagnèrent le living-room en bavardant. Les hommes se rassemblèrent dans le coin le plus éloigné de la pièce, les femmes autour du divan. Martha les poussa à se mélanger, mais cela revenait à vouloir mélanger de l'huile et de l'eau. Elle n'entendait qu'un vague bruit de fond, comme si elle écoutait d'une certaine distance. Généralement, elle était très détendue quand elle recevait, mais ce soir elle ne tenait pas en place.

Après le dîner, plusieurs invités improvisèrent une partie de charades. Debout au milieu du petit groupe rassemblé autour de la cheminée, Isabel plissa le front.

– Souci ? hasarda Gil.

– Mauvaise odeur, proposa Dick.

Pointant l'index sur un objet invisible, Isabel secoua la tête, sourcils froncés.

– Interdit, lança Ed. Sexe.

– Vous n'y êtes pas du tout, dit Isabel.

Martha, qui se joignait au groupe, fit observer à la jeune femme qu'elle n'avait pas le droit de parler. Isabel réfléchit un instant, puis son visage s'éclaira.

Elle s'approcha de Mrs Quennel, l'observa attentivement, secoua la tête et s'éloigna.

– Embarras ? Erreur ? proposa Gil.

Cette fois, Isabel se dirigea vers Dick, la main tendue. Elle le regarda de plus près, retira sa main et lui tourna le dos.

– C'est bien ce que je disais ! s'exclama Ed en riant. Sexe.

– Antipathie, hasarda Dick.

– Hautain ? Snob ? dit Martha.

John, qui avait observé la scène en silence, se mit à chanter :

– J'ai des yeux. Tu as des yeux. Tous les enfants de Dieu voient des choses différentes avec leurs yeux.

A cet instant, la bonne apparut sur le seuil de la pièce et fit signe à Martha, qui bondit sur ses pieds et sortit.

– Oui, Ruth ?

– Il y a là une personne qui voudrait vous voir.

Miss Urey attendait dans la cuisine. Pâle, échevelée, elle portait un vieux manteau par-dessus sa chemise de nuit.

– Que se passe-t-il, Beverly ?

– Je suis navrée de vous déranger, Martha. Je sais que vous avez des invités, mais il faut que je vous demande... Enfin, je voulais...

Elle s'interrompit et porta une main à son front, comme si elle ne savait plus où elle en était. Ruth se retira discrètement pour desservir dans le living-room, mais Miss Urey ne parut pas plus à l'aise pour autant. Apparemment, elle s'était précipitée chez Martha sur un coup de tête et, à présent, elle se repentait d'avoir cédé à cette impulsion.

– C'est idiot, reprit-elle, je ne sais pas ce qui m'a pris... Avez-vous lu les journaux ? Avez-vous vu qu'on a retrouvé une femme étranglée à Nagatuck Road ?

– Euh... oui. Quelqu'un en parlait justement tout à l'heure.

– Vraiment ? – Elle cessa de se frotter ses articulations et regarda Martha d'un air effaré. – Et qu'a-t-elle dit, cette personne ?

– Ce qu'elle a dit ? Je n'en sais trop rien. Pas grand-chose. Pourquoi ? Que se passe-t-il ? Connaissiez-vous la victime ?

– Moi ? Non, bien sûr que non. Comment voudriez-vous que je la connaisse ? En fait, je me suis absentée quelques jours et je viens seulement de lire la nouvelle... Je dois dire que ça m'a rendue nerveuse. C'est tellement près d'ici. Nous vivons seules, Augusta et moi... Cette affaire m'a bouleversée... Je n'aurais pas dû faire un saut chez vous comme ça, mais... je ne pensais pas...

– Vous vous êtes absentée ? J'ai pourtant vu la voiture...

– Augusta m'a emmenée à la gare et a gardé la voiture, naturellement. Le journal que j'ai lu n'était pas celui d'aujourd'hui. Je... nous n'avons pas la radio, et... savez-vous si la police a recueilli des indices ?

– Je ne suis au courant de rien. Je viens

seulement d'en entendre...

– Sait-on qui était cette femme ?

– Attendez, Beverly, je vais chercher Dick. Il pourra peut-être vous renseigner.

Sans laisser à Miss Urey le temps de protester, Martha retourna dans l'autre pièce et entraîna discrètement son mari. Sourcils froncés, Dick la suivit dans la cuisine.

– Bonsoir, Beverly, dit-il.

Martha lui expliqua en deux mots de quoi il s'agissait.

– Je ne lis jamais les faits divers, déclara Dick. Mais d'après ce que j'ai entendu dire, la victime n'avait pas de papiers d'identité sur elle.

Ils attendirent la suite, intrigués. Martha était convaincue qu'il y avait encore autre chose qui tracassait leur voisine. Mais celle-ci se détourna et ouvrit la porte.

– Si vous êtes inquiète ou si vous avez peur, dit Martha, vous savez que nous sommes là, juste en face. Il vous suffit de crier ou de téléphoner.

Elle aurait voulu retenir Miss Urey, découvrir ce qui la tourmentait.

– Excusez-moi d'avoir interrompu votre réception, dit la femme.

Le dos tourné, elle ajouta d'un ton détaché :

– Augusta est-elle restée tout le temps à la maison la semaine dernière ?

– Pardon ?

– Elle n'est pas là. J'ai pris un taxi pour rentrer. Je me demandais si elle était restée à la maison toute la semaine ou si elle s'était sentie suffisamment bien pour sortir.

– Un détail me revient, intervint brusquement Dick. La femme était morte depuis déjà quelque temps quand on l'a trouvée. Après l'avoir étranglée, l'assassin a caché le corps dans les bois. C'est pour ça qu'on n'a pas découvert le crime tout de suite.

– Ah... fit Miss Urey avec une sorte de lassitude. Elle ne semblait plus attacher d'importance à la question de savoir si Augusta était restée chez elle toute la semaine. Murmurant à nouveau de vagues excuses, elle s'en fut.

Dick et Martha se regardèrent. Dans le living-room, ils entendirent Isabel annoncer que le mot à trouver était « inconnu ».

– Veux-tu savoir ce que j'en pense ? dit Martha.

– Oui. Qu'en penses-tu ?

– J'en pense qu'elle craint que sa patiente, Miss Augusta King, ne soit l'auteur du crime.

Dick sortit d'autres glaçons du réfrigérateur.

– Veux-tu savoir ce que j'en pense ? dit-il.

– Oui. Qu'en penses-tu ?

– J'en pense que tu es complètement fêlée.

CHAPITRE IX

Peggy prit une profonde inspiration, mit son masque et frappa. Elle tourna la tête pour voir si elle arriverait à trouver le chemin pour rentrer, car la nuit tombait. Les lumières de la maison de ses parents, de l'autre côté de la route, lui donnèrent confiance.

A son grand soulagement, ce fut Miss Urey et non Miss King qui ouvrit la porte. Le secret qu'elle partageait avec Miss King lui pesait sur la conscience. Miss Urey scruta le vide, droit devant elle, au lieu de baisser les yeux.

– Qui est là ?

– Un pirate ! dit Peggy. Vous avez peur ? On dirait que vous avez peur.

Miss Urey regarda le pirate. Peggy portait un foulard de soie noire autour de la tête, un anneau d'or à une oreille, un gros chandail blanc, une large ceinture rouge, une salopette et des bottes en caoutchouc.

– Délice ou malice ? [1] dit la fillette en ouvrant son sac en papier.

– Es-tu seule, ma chérie ?

– Vous avez quelque chose à me donner ?

– Oui, oui, bien sûr. Attends-moi là, mon petit.

---

(1) Expression employée par les enfants qui, selon la tradition, se déguisent la veille de la Toussaint pour effectuer une tournée chez des amis qui les reçoivent en leur distribuant de menus cadeaux. (N.d.T.)

Pendant que Miss Urey s'affairait à la cuisine, Peggy regarda autour d'elle. La maison n'avait guère changé depuis l'époque où Glen et elle s'y introduisaient par les fenêtres en faisant comme si elle était hantée. Elle était plus propre qu'avant, mais il n'y avait pas beaucoup de meubles ; juste quelques chaises, deux petites tables et une grande table pour les repas. Pas de rideaux, pas de canapé, même pas de télévision. Peggy s'apprêtait à proposer à Miss Urey de venir regarder la télévision chez elle quand elle entendit bouger dans la pièce du fond. Quelqu'un marchait dans la chambre. Elle renonça à formuler son invitation, parce qu'elle ne voulait pas que Miss King vienne aussi.

Miss Urey sortit de la cuisine, deux boîtes en carton dans les bras, et s'accroupit devant Peggy. L'une des boîtes contenait des biscuits glacés, de formes et de couleurs variées ; l'autre contenait un gâteau fourré. Peggy choisit un biscuit en forme de potiron.

– Oh ! merci. Vous devez être riche !

– Toute la boîte est pour toi, ma chérie. Le gâteau fourré est pour ta mère. Arriveras-tu à porter les deux boîtes ?

– Ils sont tous pour moi ? s'écria Peggy. Youpiiie ! Vous n'en avez pas besoin, au moins ? Sans ça, je vous les laisse.

– Je les ai faits spécialement pour toi.

Peggy fourra le sac en papier sous son pull-over et prit les deux boîtes avec précaution.

– Il y a des gens qui n'ont rien à manger, dit-elle.

C'est vrai ! Rien, même pas des bonbons. Pourquoi les stores sont-ils baissés ?

– Quoi ? Oh... parce qu'il fait nuit. La nuit...

– Miss King est rentrée ?

Peggy sentit son cœur battre plus fort en voyant l'expression de Miss Urey. Celle-ci n'avait pas l'air fâché, mais elle avait la même attitude que la maîtresse de Peggy, à l'école, quand la fillette répondait mal à une question. Se tournant vers le sentier enténébré, Peggy décida de s'en aller.

– Je n'y vois rien, dit-elle. Souhaitez-moi bonne chance.

– Je vais te ramener, ma chérie...

A cet instant, Peggy entendit Martha l'appeler.

– Je suis là ! cria-t-elle.

– Elle est avec moi, ajouta Miss Urey.

Prenant Peggy par la main, elle la guida vers le sentier. Chez les Earnshaw, la lanterne du perron s'alluma, une porte claqua et des pas résonnèrent.

– Oh ! c'est vous, Beverly, dit Martha d'une voix essoufflée. Peggy, je t'ai déjà dit de ne pas rester dehors après la tombée de la nuit. Je me demandais où tu étais.

– J'ai des cadeaux, maman. Il y en a un pour toi.

Peggy tendit à sa mère le gâteau fourré et couva amoureusement du regard les biscuits multicolores.

– Qu'est-ce que c'est ? dit Martha. Encore un gâteau ? je ne sais comment vous remercier, Beverly.

– Ce n'est rien. J'aime faire la cuisine.

– Venez donc prendre un verre à la maison avant le dîner.

– Vous êtes trop gentille, mais c'est impossible ce soir. Une autre fois, peut-être. Vous ne pouvez pas savoir ce que ça représente pour moi d'avoir des voisins aussi sympathiques. Je veux dire... il y a des gens qui ne tiennent pas tellement à fréquenter des femmes sans attaches... vous, au contraire, vous avez été si... et je m'en veux de vous infliger le triste spectacle de cette maison... je compte m'attaquer sérieusement au jardin dès le printemps...

– Rassurez-vous, il y aurait beaucoup à faire chez nous aussi.

Vaguement apitoyée par cette femme, Martha eut envie de faire un geste. Elle envisagea de l'inviter à dîner, mais la perspective de devoir convier également Miss King la fit reculer. Elle trouva finalement un moyen de résoudre le problème :

– Puisque vous venez garder les enfants samedi, vous n'aurez qu'à arriver plus tôt et dîner avec nous.

Dans la lumière qui filtrait par la porte ouverte, Martha vit les joues de Miss Urey s'empourprer de plaisir.

– Je vous remercie, mais je ne peux accepter. Je ne veux surtout pas que vous vous donniez du mal alors que vous devez sortir...

– Ça ne me donnera aucun mal. De toute façon, il faudra bien que nous mangions...

– Non, merci. Je vous suis reconnaissante...

– Comme vous voudrez. Allez, vaurienne, on rentre !

Martha donna à Peggy une petite tape sur le postérieur et agita la main pour dire bonsoir à Miss Urey, qui les regarda courir vers la route. L'espace d'un instant, celle-ci vit leurs silhouettes se découper dans la lumière, puis disparaître. Avec un soupir, elle se détourna et remonta l'escalier.

– Tu peux sortir, J.C., dit-elle.

CHAPITRE X

Il sortit de la chambre du fond. C'était un homme athlétique et séduisant, vêtu d'un costume sombre d'excellente coupe. Il portait une cravate grise et bleue et des chaussures noires. Tout habillé et bien réveillé, il paraissait plus jeune que cette fameuse nuit où elle l'avait tiré du lit.

– Laura, qui était cette petite fille ? demanda-t-il, manifestement agité.

D'un geste distrait, Miss Urey repoussa en arrière ses fins cheveux gris ; puis tournant les talons, elle disparut dans la cuisine.

– Je vais mettre le couvert, J.C. Devine ce que je t'ai préparé ? Je t'ai fait ton dessert fa...

– Où habite-t-elle ? Vient-elle souvent ici ?

– J.C., je la vois très rarement – et jamais seule. C'est une petite fille qui habite en face. Ne peux-tu me faire confiance ?

Il prit une profonde inspiration, ouvrit la bouche pour dire quelque chose mais se contenta de soupirer. S'approchant de la fenêtre, il s'accouda au rebord et contempla les ténèbres extérieures.

– Laura, tu n'as pas l'air de comprendre. La fillette...

– Je t'en prie, J.C., ne reviens pas une fois de plus sur cette histoire. Je ne te vois pas très souvent ; profitons-en pour faire la fête. C'est tellement amusant d'avoir de la compagnie !

Elle apporta l'argenterie, la vaisselle, et mit le couvert avec application. Malgré le soin qu'elle mettait à dresser la table, elle ne s'était pas donné la peine de s'arranger. Comme toujours, elle n'était pas maquillée ; elle avait les cheveux en désordre et portait une informe robe beige sans ceinture. Elle avait les jambes nues et les pieds chaussés de pantoufles jaunes qui tenaient à la fois de la babouche et de la savate.

– C'est incompréhensible, dit-il. Tout bonnement incompréhensible.

Il errait sans but dans la pièce, examinant les meubles, regardant avec désapprobation les murs nus.

– Je suis toujours sans nouvelles de Miss Nickerson. Qu'est-ce qui a bien pu la pousser à partir ainsi, sans explication ?

– Je n'en sais rien. Un matin, je me suis réveillée et elle n'était plus là. Elle était partie en emportant toutes ses affaires.

– Elle avait pourtant d'excellentes références. On m'a assuré de toutes parts que c'était une femme digne de confiance. Laura, tu ne peux pas rester ici sans infirmière. Des responsables de l'hôpital sont venus à la maison hier soir. Je ne pense pas qu'ils m'aient cru quand je leur ai dit que j'ignorais où tu étais. Je ne sais pas dans combien de temps je pourrai revenir te voir. Seigneur, je voudrais bien savoir que faire...

– Tu as vu ce que je t'ai préparé ? Du bœuf strogonoff !

Miss Urey servit d'énormes parts dans les assiettes.

– Même sa famille est sans nouvelles d'elle. Pourquoi s'est-elle volatilisée comme ça ?

– Tu me rends nerveuse, J.C.

Miss Urey posa la cuiller et remporta la poêle à la cuisine. Le désarroi se peignit sur son visage et ses yeux se remplirent de larmes.

– Je t'en supplie, permets-moi de rester encore un peu. Un tout petit peu.

– Pourquoi est-ce tellement important ?

Miss Urey s'assit à table et posa les mains devant elle. Elle avait des mains de taille moyenne, aux doigts boudinés. Ses ongles étaient abîmés car elle se les rongeait sans arrêt, et elle avait deux verrues à la main droite.

– Je n'en sais rien, répondit-elle.

Sa propre incertitude la mettait mal à l'aise, la rendait irritable. Quel malheur d'avoir le cerveau aussi embrumé ! Elle avait l'impression de se retrouver dans une galerie d'art très sombre, devant un tableau dont elle essayait désespérément de distinguer le dessin. Pour une raison inconnue, c'était extrêmement important qu'elle sût ce que représentait le tableau, mais l'éclairage ne lui permettait d'en deviner que peu de chose – juste de quoi aviver son sentiment de frustration.

Soudain, elle trouva une réponse satisfaisante à la question de J.C. Elle en oublia son anxiété.

– Si je reste encore un peu, tu arriveras peut-être à trouver une autre infirmière. A ce moment-là, je ne serai plus obligée de partir.

– Ecoute, Laura, le temps se gâte de jour en jour. Il y a de très fortes tempêtes de neige dans la région. Imagine qu'une tempête se déchaîne et que tu aies une crise, toute seule dans cette...

– Je t'en prie, J.C., mange avant que ça ne soit complètement froid. Je t'ai préparé du pain de froment. Et tu n'as pas vu le dessert !

Il eut une moue excédée. Au lieu de prendre sa fourchette, il soupira et se remit à tourner en rond dans la pièce.

– Je croyais t'avoir dit de commander du mobilier. Je n'ai jamais vu un intérieur aussi nu.

Il s'arrêta devant une petite table et ouvrit le tiroir pour regarder dedans.

– Qu'est-ce que c'est que ça ? s'exclama-t-il, médusé.

Se retournant vivement, Miss Urey bondit sur ses pieds.

– J.C. ! cria-t-elle.

Surpris par la violence de cette réaction, il laissa tomber l'objet et regarda sa sœur. Elle soutint son regard un moment, puis baissa les yeux, nouant et dénouant ses mains.

– Excuse-moi d'avoir crié, dit-elle. Je crois que je suis nerveuse ce soir.

– Mais que... ? On dirait une perruque. Une perruque rousse.

– Eh bien, je... C'est Halloween [1], rappelle-toi. Je comptais la donner à l'un ou l'autre des enfants qui passeraient. – Son débit s'accéléra : – Je ne voulais pas que tu la voies parce que je savais que tu m'en voudrais de recevoir ici des enfants. Mais ceux-là sont grands : ils ont dix ou onze ans, et ils viennent à plusieurs. Quand j'ai vu cette perruque, je me suis dit qu'elle ferait peut-être plaisir à l'un d'entre eux et je l'ai achetée comme cadeau.

Elle s'interrompit et le dévisagea. Il regarda de nouveau dans le tiroir, en se frottant l'aile du nez et en reniflant. Au bout d'un moment, il sortit un mouchoir de sa poche et se moucha.

– Dînons, dit-il. Je veux bien que tu restes, mais attention : seulement quelques jours.

---

(1) Veille de la Toussaint. (N.d.T.)

CHAPITRE XI

A moitié allongé sur le canapé, un bras replié sous la tête, Dick gémissait :

– Pourquoi faut-il que nous sortions tous les samedis soirs ? Perdrais-tu ta place dans les sondages de popularité si nous manquions une soirée ?

Martha se gratta l'oreille et continua de coudre l'ourlet de son costume. Comme le bébé essayait d'attraper la bobine de fil, elle laissa traîner par terre une nouvelle longueur de tissu, comme si Dickie était un fauve affamé auquel elle devait constamment jeter de la nourriture pour prévenir toute attaque.

Dick envoya promener ses chaussures et renversa la tête en arrière entre le coussin et l'accoudoir. Il portait un pantalon écossais et un pull-over maculé de peinture.

– Une soirée costumée, en plus ! Ecoute, si nous restons à la maison, je t'imiterai la démarche de Charlot. M'as-tu déjà vu imiter la démarche de Charlot ?

Il bondit sur ses pieds et fit le tour de la pièce en se dandinant comme un canard.

– Cesse de faire l'idiot, lui dit Martha. Pourrons-nous un jour sortir ensemble sans que tu te lamentes ?

Dick s'affala de nouveau sur le canapé, éparpillant des journaux par terre et manquant renverser, sur la table basse, un vase blanc rempli de roses. Sous le coussin, quelque chose craqua ; Dick se souleva sur un coude pour voir ce que c'était. Il exhiba entre deux doigts un petit gâteau sec.

– Aurais-tu la bonté d'informer ton fils qu'il ferait mieux de stocker ses provisions ailleurs ?

Il se gratta la tête, bâilla et ferma les yeux.

– Viens là, dit-il.

– Ecoute, va te raser, remue-toi un peu ! Tu vas encore monopoliser la salle de bains juste au moment où j'en aurai besoin.

– Viens-là, sinon je ne bouge pas.

– Tu es prêt à tout pour gagner du temps, dit-elle en levant la corbeille à couture pour la mettre hors d'atteinte du bébé.

Elle alla s'asseoir près de son mari, qui la saisit par la taille pour l'empêcher de s'échapper. Il appuya sa tête contre l'épaule de Martha, lui glissa un bras autour des épaules.

– Veux-tu arrêter ! protesta-t-elle.

– N'aie crainte, je ne le dirai pas à ta mère.

– Vas-tu arrêter, oui ? Quand il s'agit d'aller à la pêche ou de faire... certaines choses, tu débordes d'énergie. Mais dès qu'il s'agit de sortir avec moi... Arrête !

– Au fond, tu ne m'aimes pas.

Sur le seuil, une voix demanda :

– Qui vient nous garder ce soir ?

Martha se retourna vivement et bondit sur ses pieds, tout en remettant de l'ordre dans sa toilette.

– Ah, te voilà ! Enlève ton manteau.

– J'espère que c'est Miss Urey, dit Peggy en laissant tomber son duffle-coat par terre.

– Oui, c'est Miss Urey. Ramasse ton manteau.

Le visage rougi par le froid, Ed entra en coup de vent et laissa tomber ses paquets sur la commode. Coudes au corps, il frictionna ses mains engourdies tout en tapant des pieds pour se réchauffer.

Gil l'observa d'un air contraint, en se demandant s'il était encore fâché.

– Russville ? répéta-t-elle avec incrédulité lorsqu'il lui eut expliqué pourquoi il était en retard. Tu es allé jusqu'à Russville ? Tu n'as donc rien trouvé en ville ?

– Si tu n'étais pas aussi insipide, je n'aurais pas eu tous ces problèmes. Enfin, tu n'y peux rien ; quand on appartient à une famille d'insipides, on ne peut soi-même qu'être insipide.

Malgré sa reconnaissance, Gil sentit la moutarde lui monter au nez.

– C'est ça. Et quand on appartient à une famille de mauvaises langues, on ne peut soi-même qu'être mauvaise langue.

– Bon, bon, d'accord. Attends de voir ce que je t'ai acheté. Tu seras la belle du bal !

Elle le regarda accrocher son pardessus, étonnée qu'il n'eût pas relevé sa réflexion sur la médisance de la famille Nugent. De toute évidence, il craignait la réaction de Gil devant ses emplettes.

Il commença par défaire les trois paquets les plus petits, d'où il sortit trois papillons mécaniques identiques qu'il donna aux enfants. Puis il dénoua soigneusement les rubans de la plus grosse boîte. Mais au lieu de l'ouvrir, il s'assit.

– Ecoute, dit-il, je ne veux pas d'ennuis. Est-ce que tout le monde – ou pratiquement tout le monde – en ville connaît Peggy, oui ou non ?

– Non. Enfin, je n'en sais rien. Pourquoi cette question ?

– Tu te rappelles le jour où Peggy a fait rire tout le monde avec sa façon de réciter *Les farfadets vous attraperont si vous n'y prenez garde ?* Dick en a fait tout un plat pendant des semaines, l'abruti !

Le front de Gil se creusa de rides perplexes.

– Je ne vois pas le rapport...

– Je t'ai choisi un costume tout bonnement épatant. Rien à voir avec les éternels déguisements de pirates ou de bohémiennes. Tu peux être à peu près sûre que Dick sera déguisé en pirate.

– Vas-tu laisser Dick tranquille ? Je me demande parfois si tu n'es pas jaloux de lui.

– Jaloux de Dick, moi ? Tu plaisantes ? Je suis plus séduisant, je gagne sacrément plus d'argent, j'ai une femme beaucoup plus jolie, une maison beaucoup plus grande...

– Tais-toi donc et voyons cette robe.

Il défit le papier de soie avec précaution, voulant se réserver la possibilité de rendre le déguisement au cas où il ne plairait pas à Gil. Le paquet contenait une robe de petite fille – une robe d'organdi rose, ample, sans manches, avec une encolure carrée – et, dessous, une crinoline en toile.

– Mettons bien les choses au point, dit-il vivement. N'oublie pas que tu as eu huit semaines pour te trouver une toilette pour ce bal et que tu as sans cesse repoussé au lendemain. Maintenant, il est trop tard pour chercher autre chose. D'ailleurs, ce costume est une idée de génie : tu vas aller au bal déguisée en Peggy. Je parie que tu gagneras le premier prix. Tout le monde connaît Peggy, donc...

– Ed...

– ... les invités saisiront le sel de la chose. D'autre part, tu te faisais de la bile pour le numéro que tous les participants sont tenus d'exécuter. Pour toi, pas de problème : tu n'auras qu'à réciter le même poème que Peggy, en faisant les mêmes fautes qu'elle. Tu es la seule femme de ma connaissance qui soit assez mince pour porter cette robe. J'ai acheté au prisunic de quoi te faire des tresses, et tu pourras mettre tes sandales d'été pour compléter le déguisement.

– Si je peux en placer une, Ed, je voudrais te dire que je trouve ton idée excellente.

– Vraiment ? Alors, alleluia ! Mais ne dis pas à Dick que c'est moi qui..

– Tout de même, n'est-elle pas un peu courte ?

– Isabel arrivera probablement en cache-sexe. En plus, tu as les plus jolies jambes de toute la ville ; pourquoi ne pas les montrer ? Tiens, voilà le masque. Il représente un visage de fillette.

Il chiffonna la boîte en carton et le papier de soie, qu'il fourra à la poubelle.

– Penses-tu que je vais entrer dedans ? s'enquit Gil.

– Tu plaisantes ? C'est à Ed que tu parles !

Elle mit la robe devant elle et se regarda dans la glace en se rongeant les ongles d'un air dubitatif.

– Ooooh, que ce serait agréable de rester ici au lieu de sortir par ce froid...

– Commence à t'habiller. J'ai dit à Mrs Hight que je passerais la chercher à neuf heures.

Sur le moment, elle crut que c'était Peggy qui tapait contre le mur de la chambre. Il lui fallut quelques instants pour comprendre qu'on frappait à la porte. Elle se hâta d'aller ouvrir.

– Oh ! Martha, quel joli costume ! s'exclama Miss Urey, les yeux remplis d'admiration.

– Il vous plaît ? Merci. Ma parole, vous n'êtes jamais en retard ! Dick n'a pas fini de s'habiller.

Miss Urey posa précautionneusement son manteau sur une chaise discrète et s'assit.

– J'ai un cadeau pour vous, lui dit Martha.

Miss Urey écarquilla les yeux et ses joues rosirent.

– Pour moi ?

– Oui. Je suis tellement confuse de tout ce que vous faites pour nous : vous nous gardez les enfants sans rien demander en échange, vous nous préparez des gâteaux, mille choses encore... Attendez une minute.

Martha alla chercher dans le placard une boîte blanche ornée de rubans en satin. Miss Urey regarda avec incrédulité le nom de la boutique inscrit sur l'étiquette. Elle avait l'air de ne pas savoir quelle attitude adopter. Très doucement, afin de ne pas abîmer le nœud, elle fit glisser le ruban. Puis elle souleva le couvercle de la boîte et caressa le papier de soie, sans oser le déplier.

– Vous n'auriez pas dû... ça me fait plaisir de vous rendre service. On ne m'offre presque jamais de cadeaux. Je veux dire... en fait, ma mère n'était pas très démonstrative...

Martha dressa l'oreille. C'était la première fois que Miss Urey faisait allusion à son passé. Mais au lieu de continuer dans la voie des confidences, elle défit le papier, découvrant un cardigan rose et deux foulards en soie. Délicatement, elle prit les foulards dans ses mains.

– Ils sont ravissants, murmura-t-elle. Ils sont beaucoup trop beaux pour moi.

Martha n'aurait su dire si son amie avait vu le cardigan. Miss Urey semblait surtout fascinée par les foulards, que Martha avait pourtant ajoutés à la dernière minute. Elle mit les foulards de côté, emballa de nouveau le cardigan dans le papier de soie et referma la boîte. Puis elle remit les rubans en place, de sorte que le paquet reprit son apparence première, comme s'il n'avait jamais été ouvert. Désappointée, Martha se leva.

– Il y a du coca et de la crème glacée dans le réfrigérateur, dit-elle. Servez-vous.

A cet instant, Dick sortit de l'autre pièce.

– Bon, dit-il, allons-y. Je ne supporte pas les femmes qui font attendre leur mari.

– Vos déguisements sont très réussis, dit Miss

Urey en riant. Je ne suis jamais allée à un bal costumé. Ça doit être très amusant.

– Pour vous montrer à quel point cette soirée m'enchante, déclara Dick, je suis prêt à vous donner mon costume et à vous laisser ma place.

Martha le poussa vers la penderie, lui tendit son pardessus et prit son propre manteau. Puis, comme si elle se rappelait subitement quelque chose, elle dit à Miss Urey :

– Nous serons au restaurant *Le Faisan et la Caille*. En cas de besoin, vous pourrez nous appeler là-bas.

Gil entendit Ed sortir de la salle de bains en traînant les pieds. Il apparut sur le seuil, vêtu d'un pyjama chinois en satin rouge et noir. Il portait un masque chinois, une calotte brodée et une corde en guise de natte. Les mains dans ses manches, il entra dans la pièce en se dandinant.

– Tu es épatant ! soupira Gil, plus découragée que jamais par son propre costume.

Se reprochant sa convoitise – défaut qui, dans son lexique, était répertorié à la rubrique « Péché » – elle alla se maquiller dans la salle de bains en prévision du moment où il faudrait ôter les masques. Elle enfila péniblement sa robe, fixa ses tresses et s'examina dans la glace. Puis, soupirant de nouveau, elle écouta Ed sortir la voiture pour aller chercher la baby-sitter.

Comme d'habitude, elle était remplie d'anxiété à l'idée de sortir. Elle alla chercher du rye à la cuisine et ouvrit une bouteille de ginger ale. Elle se versa une double rasade et s'assit pour déguster son cocktail. Au bout de quelques minutes, elle entendit la voiture revenir et Mrs Hight éclater de rire.

– J'essaie de me donner du courage, expliqua-t-elle lorsque son mari et la voisine entrèrent. Puis-je vous offrir quelque chose, Mrs Hight ?

– Oh ! non, merci, Mrs Nugent. C'est charmant, ce costume que vous avez là. Vous avez l'air d'une petite fille. J'ai bien cru mourir de peur quand j'ai vu Mr Nugent.

Dans la voiture, Gil s'adossa à son siège et se laissa aller à l'agréable engourdissement que distillait l'alcool dans ses membres. N'ayant pas l'habitude de boire, elle était déjà un peu ivre. Elle avait l'impression de plonger dans le néant, suivant une trajectoire tangente à la terre. Si elle s'était sentie d'humeur à parler, elle aurait expliqué à Ed que son « moi » profond – celui qui était encore pur et sans rides – se séparait peu à peu de son enveloppe externe desséchée, comme le trognon d'une pomme se dissocie de sa peau brunâtre. Elle avait envie de quitter son enveloppe charnelle.

Trop rapidement à son gré, une énorme bâtisse baroque émergea du paysage quelque peu dénudé. C'était le seul objet illuminé dans l'obscurité. C'était également le seul objet bruyant. Des flots de musique et un brouhaha de voix s'en échappaient.

Ils passèrent devant une rangée de voitures, montèrent une volée de marches et se trouvèrent brusquement plongés dans une fiévreuse agitation.

– C'est comme si on sortait du néant pour entrer dans notre monde de péché, dit Gil à haute voix.

– Pardon ? dit Ed.

La chaleur ambiante les absorba, les assimila. A présent, ils n'appartenaient plus à l'infini extérieur. Des sourires les enveloppèrent tandis qu'ils passaient devant le bar et montaient d'autres marches. Des créatures grotesquement affublées se tortillaient en cadence et luttaient au corps à corps sur la piste de danse ; d'autres, installés à des tables, versaient du liquide dans leurs gorges en feu. L'orchestre donnait l'impression de vouloir couvrir les hurlements des damnés. Chacun remplissait le rôle qui lui était dévolu.

Gil y voyait trouble, ce qui l'empêchait de dire quelles étaient les silhouettes familières et les silhouettes anonymes, quels étaient les symboles connus – donc acceptables – et les symboles inconnus – donc à rejeter. Il n'y avait que deux attitudes possibles : se joindre aux consommateurs de liquides ou se joindre aux contorsionnistes. Ils s'assirent à une table où étaient installés Lady Macbeth, un cadavre et deux cannibales.

– Quelle table pour une petite fille ! fit observer Gil.

Lorsqu'ils eurent passé le temps réglementaire avec les picoleurs, ils se mêlèrent aux contorsionnistes. Titubante, Gil s'efforçait d'accommoder son regard afin de repérer des gens qu'elles aurait connus dans l'autre vie. Tweedledee et Tweedledum [1] dansaient à proximité et se cognaient sans cesse contre elle, en s'excusant à chaque fois avec force salamalecs. Vêtus de costumes identiques, les deux personnages ventripotents étaient des sosies presque parfaits. Et ils étaient plus à l'aise que tous les autres, car ils n'avaient pas la crainte d'être différents.

– Voilà Isabel, dit soudain Ed.

Gil détailla le costume de la jeune femme : deux-pièces noir, masque noir – et, selon la tradition, une queue fourchue et des cornes. Bien que ce fût Isabel, elle fut heureuse de la voir.

– Comment sais-tu que c'est elle ? Je me demande pourquoi ils sont tous si morbides.

– Elle porte des cornes, non ? Et puis je reconnais son nombril.

– C'est son mari qui porte les cornes, idiot. Je trouve que ce costume n'est pas convenable pour un bal de l'Association des Parents d'Elèves.

– Pure jalousie.

– Je pourrais me déguiser en diablesse nue, moi aussi, si je le voulais.

– Oui, mais vous n'avez pas un si joli nombril.

Tournant la tête, Gil constata que c'était Tweedledum qui avait parlé. Elle se retourna carrément pour l'observer de plus près. Avant même qu'elle ait compris ce qui lui arrivait, elle se retrouva en train de danser avec lui. Tweedledee avait entraîné Ed.

---

(1) Personnages *d'Alice au Pays des Merveilles* (N.D.T.).

Gil enfonça le doigt dans le ventre de Tweedledum et se mit à pouffer.

– Cessez ces privautés, dit-il.

– Je voulais voir si c'était du coton ou si vous portiez habituellement une gaine bien serrée. Embrassons-nous pour rendre Tweedledee jalouse.

– D'accord, Isabel.

Inclinant la tête en arrière pour embrasser Tweedledum, Gil fut tentée de se laisser aller à la renverse jusqu'à toucher le plancher. Elle était sûre qu'elle ne se ferait pas mal ; elle n'aurait pas l'impression de tomber mais plutôt de flotter. Seulement voilà : Tweedledum la tenait d'une main ferme. Il lui dit quelque chose et, sans transition, la ramena à la table des cannibales. Après lui avoir recommandé de ne plus boire, il la quitta et l'un des cannibales – le mâle – tira les nattes de Gil.

– Vous m'avez l'air appétissante, dit-il. Venez donc faire un tour dans ma marmite un de ces jours.

Gil fut prise d'un fou-rire. Elle essaya de se calmer en vain.

– Ça alors, dit le cannibale, il faut croire que j'ai de l'esprit.

– Ou alors c'est elle qui n'a pas de cervelle, dit sa compagne.

Les yeux de Gil se remplirent de larmes.

– Plus d'alcool, dit Ed en essayant de lui enlever le verre qu'elle tenait à la main.

Elle se demanda d'où il sortait. Fermant les yeux, elle éprouva de nouveau l'envie de se laisser flotter jusqu'au plancher. Les cannibales, le cadavre et

Lady Macbeth tournaient autour d'elle comme des ballons en liberté, tantôt à l'intérieur de sa tête, tantôt à l'extérieur. Soudain, elle sentit le cœur lui monter aux lèvres.

– Ed, gémit-elle, il faut que je ...

Perdue dans ses pensées, Miss Urey demeura un moment immobile au milieu de la pièce, comme si elle attendait que quelqu'un lui indique le chemin. Enfin, elle traversa lentement la cuisine et entra dans la chambre des enfants. Sachant que Peggy et Dickie avaient le sommeil lourd, elle alluma la lampe. Le bébé s'était découvert. Avec douceur, Miss Urey remonta le drap et la couverture. L'enfant émit des sons incohérents, mi-gargouillis mi-gémissements, puis se pelotonna en boule.

Le cou tordu pour éviter l'oreiller, Peggy était couchée sur le dos, une jambe sous la couverture et l'autre dessus. Miss Urey l'observa, le visage inexpressif – presque stupide. Au bout d'un moment, elle prit l'oreiller et le brandit au-dessus de l'enfant, l'air songeur, comme si elle essayait de se rappeler quelque chose. Finalement, elle posa l'oreiller au pied du lit, redressa le cou de Peggy et la borda.

Elle éteignit la lampe et ferma la porte sans bruit. Dans le living-room, elle tourna en rond, indécise, puis alluma la télévision. Mais elle ne s'assit pas. Debout au milieu de la pièce, elle regardait l'écran. Des personnages de dessins animés dansaient, un homme chantait un message publicitaire... D'un geste irrité, elle éteignit le poste. A cet instant, le chat sortit de la chambre et vint se frotter contre sa jambe, ce qui la fit sursauter. D'un coup de pied, elle chassa l'animal, qui fila dans la cuisine.

Elle fit mine de le suivre mais s'arrêta net, se tenant la tête à deux mains. Prise de vertiges, elle oscilla d'avant en arrière, puis se boucha les oreilles comme pour étouffer un son. Elle s'affala sur un siège, se frotta les yeux. Puis, d'un seul coup, elle bondit sur ses pieds et fouilla frénétiquement la pièce du regard. Avisant le téléphone, elle s'avança vers l'appareil, s'arrêta pour prendre un crayon et du papier sur la table basse. D'une écriture irrégulière, elle griffonna : « Augusta est tombée malade. Je suis obligée de partir. » Elle se dirigea en titubant vers la porte, se cogna contre la table et tomba. Elle se releva, anxieuse d'atteindre la porte avant qu'il ne soit trop tard. Mais il était déjà trop tard.

Poussant un cri, elle tomba à la renverse, manqua le fauteuil et heurta lourdement le plancher. Aussitôt, un spasme insolite contracta tous ses muscles. Même sa respiration parut s'arrêter. Le chat s'approcha prudemment pour contempler ce corps raidi ; puis il détala, terrifié de voir soudain s'agiter cette forme immobile. Miss Urey était prise de convulsions qui semblaient affecter tous ses muscles. Son corps se contractait et se détendait violemment, bras et jambes écartés. De la bave écumeuse s'échappait de sa bouche tandis qu'une flaque transparente s'élargissait sous elle. Les hideuses convulsions durèrent deux ou trois minutes, puis cessèrent brusquement. ce fut le silence. Miss Urey gisait par terre, la bouche sale, la robe trempée, le cors recroquevillé en une masse inerte.

Avec précaution, le chat émergea de sous la table. Il s'immobilisa, les muscles tendus, la queue dressée. Enfin, il s'approcha pour renifler le corps. Au bout d'un moment, il s'en désintéressa. Il se mit sur son séant, leva l'une de ses pattes postérieures et entreprit de se lécher, interrompant un instant sa toilette pour mordre une puce importune. De ses grands yeux sérieux, il considéra la femme étendue par terre. Puis il se pelotonna et s'endormit.

CHAPITRE XII

De la gaze enchantée, des lambeaux de toile qui se désintégraient à l'approche du soleil de feu. Sous la brume de l'aube, un lac opaque. De l'arrière de la ferme, on pouvait le survoler ; sur l'autre rive, Pan faisait des cabrioles et agitait la main. Le parfum du Lis de la Vallée émanait des robes lacérées des nymphes qui dansaient une ronde au son lointain des pipeaux. Au-delà des collines, très loin, un lagon imaginaire du temps jadis. Le vol plané se poursuivait ainsi jusqu'à un bal enchanté, à l'aurore du printemps. Des éclairs d'argent transperçaient la gaze dans la douce rosée matinale. Des fées faisaient entendre leur chant mélodieux.

Que restait-il de tout cela ? Où étaient les lointains pipeaux et la brume enchantée ? Des flaques d'eau sale en guise de lac. Du béton et des immeubles, des magasins, des trains crasseux, des coups de klaxon, des rails, des omnibus brinquebalants, des rues mornes et grises. Des robots terre-à-terre qui couraient, galopaient, travaillaient, chuchotaient, aiguillonnaient, harcelaient, criaient, blessaient, prenaient, déchiraient, haïssaient.

L'interrogation écrite était une copie blanche. Voilà ce que c'était que d'oublier d'assister aux cours. Sur la carte d'inscription, c'était marqué : trop petite pour suivre les cours. Rien à écrire sur la feuille. Même pas possible de voir le numéro de la chambre. Trop sombre, lugubre. Rien à écrire.

Elle ouvrit les yeux. Sans bouger, elle contempla avec hébétude ce qui se trouvait dans son champ de vision, mais elle ne distinguait rien. Elle respirait avec difficulté, en faisant un mouvement de succion avec ses lèvres, comme si elle tétait.

Range ça, dit Maman.

C'est un cadeau qu'on lui a fait, dit J.C. Laura a un petit ami. Laura a un petit ami. Laura a un petit ami.

A quoi veux-tu que ça lui serve ? dit Maman. Range ça. Nous allons l'envelopper dans la boîte et le mettre de côté.

Laisse-la le porter, dit J.C.

Pour qu'elle le perde dès qu'elle aura une crise ? dit Maman.

Il est à elle, dit J.C.

Nous allons le mettre dans une boîte et le garder pour le jour où nous aurons un cadeau à faire, dit Maman.

Allons, dit J.C., laisse-la le porter.

Cesse de pleurer, petite peste. Cesse de pleurer.

On racontait qu'il y avait une maisonnette, en pleine campagne et qu'on avait construit une route tout près, puis un magasin et d'autres maisons, puis encore une route et des maisons, et, bientôt, des rails de tramway, si bien que la maisonnette s'était trouvée encerclée par d'immenses gratte-ciels... Ne pleure pas, ma chérie, dit Grand-père, ce n'est qu'une histoire. Ne pleure pas, ma chérie.

Elle commençait à distinguer les objets qui l'entouraient. Elle s'aperçut que c'étaient des pieds qu'elle regardait. Les pieds d'un fauteuil. Elle les contempla un bon moment, remarquant la poussière accumulée dans les fissures, détaillant les éraflures que les gens avaient faites avec leurs pieds. Il y avait aussi, à un endroit, une tache de crotte écrasée.

Avec difficulté, elle se mit sur son séant et parcourut la pièce du regard. Elle secoua la tête, sans essayer encore de se mettre debout. Son attention fut alors attirée par la flaque dans laquelle elle était assise. Elle la regarda d'un air hébété en se passant une main sur la bouche. Avec des gestes d'automate, elle se leva et entreprit de fouiller partout. Elle ouvrit les tiroirs un par un, examina leur contenu, les referma. Elle finit par trouver des chiffons et se mit aussitôt à nettoyer la mare. Pendant qu'elle s'activait, elle arborait une expression différente de celle qu'avait habituellement Miss Urey. Ce n'était pas l'expression d'une personne aimable et désireuse de faire plaisir. En cet instant, son visage était simplement morne.

Sur sa nuque, les cheveux étaient doux et piquants. Doux et piquants. En classe, il ne voulait pas se retourner. Sa petite amie était la fille aux fossettes. Même pas jolie. Il ne voulait pas se retourner. Je me moque de ce que dit ma mère.

Si j'avais su que le F.B.I. mènerait une enquête parce que je t'ai invitée à sortir, dit-il, j'y aurais réfléchi à deux fois.

Nous souhaitons simplement savoir avec qui Laura sort, dit Maman.

Je me suis contenté de lui proposer de l'emmener au cinéma, dit-il.

Elle doit être rentrée à dix heures et demie au plus tard, dit Maman.

Oh ! entendu, dit-il. Certainement. Et comment !

Doux et piquants, les cheveux sur sa nuque. Personne n'a dit que tu devais m'épouser. Je n'ai pas dit que tu devais m'épouser.

Ce n'était pas ma faute, dit-il.
Personne n'a dit que c'était de ta faute.
Je n'ai jamais dit que je t'épouserais.
Un petit bébé. Un tout petit bébé. Si petit...

Elle travaillait rapidement, à présent, comme si elle savait que le temps lui était compté. Tandis qu'elle s'activait, son expression se modifiait subtilement, devenait de moins en moins hébétée. Les lèvres se resserraient, effaçant les rides tombantes de la bouche, et les yeux s'étrécissaient. L'excitation montait en elle, ce qui lui donnait une apparence légèrement plus jeune.

Dans sa fureur, elle faisait des mouvements inutiles, perdant ainsi du temps au lieu d'en gagner. A peine consciente de ce qu'elle faisait, elle s'interrompit brusquement et alla dans la salle de bains. Là, elle alluma et se contempla dans la glace. Aucun doute : même sans perruque rousse ni maquillage, ce visage était celui de Miss King.

Sans hésitation, elle ouvrit l'armoire de toilette et fourragea à l'intérieur. Elle prit un tube de rouge à lèvres et s'en appliqua une épaisse couche. Puis elle s'enduisit le visage de fond de teint, le poudra généreusement et se passa plusieurs couches de mascara sur les paupières. Ne trouvant pas de fard à joues, elle appliqua à la place du rouge à lèvres. Ceci fait, elle s'examina. Le résultat était caricatural, mais elle s'estima satisfaite.

Elle rangea les accessoires de maquillage, éteignit la lumière et resta un moment dans le noir.

Soudain, de nouveau, la fièvre s'empara d'elle. Sans bruit, elle sortit de la salle de bains et entra dans la chambre des enfants. Immobile, elle tendit l'oreille. Des deux lits provenait un faible bruit de respiration. Au lieu d'allumer, elle attendit que ses yeux fussent accoutumés à l'obscurité. Lorsqu'elle y vit suffisamment, elle s'approcha du berceau. Le bébé s'était de nouveau découvert et avait mouillé ses draps. Il avait un bras replié sur le ventre et les jambes écartées. Mais le bébé ne l'intéressait pas.

Peggy était complètement recroquevillée sur elle-même, les genoux remontés presque jusqu'au menton. Elle s'était découverte, elle aussi. Miss King resta là à l'observer. Il ne fallait pas que l'enfant soit endormie, sinon ça ne servait à rien.

– Réveille-toi, dit-elle en la secouant.

Peggy remua, ouvrit des yeux qui n'y voyaient pas. Puis se pelotonnant encore plus confortablement, elle se rendormit.

Miss King jeta un coup d'œil circulaire dans la chambre et fouilla la commode, mais elle ne trouva pas ce qu'elle désirait. Soudain, elle eut une idée. D'un pas vif, elle alla chercher dans le living-room le cadeau que Martha lui avait offert. Les foulards étaient sur le dessus. Après avoir hésité, elle choisit le blanc. Elle le plia en triangle et le roula très serré, en tirant dessus pour tester sa solidité. Après quoi, elle retourna auprès de Peggy.

La fillette marmonna et se trémoussa. De toute évidence, elle avait froid. Elle serrait les bras contre elle, recroquevillée dans la position du fœtus.

Cesse de crier, t'ai-je raconté l'histoire de l'enfant qui criait au loup et qui s'est fait dévorer par le loup ? Sale petite égoïste. Il vaut mieux être seule quand tu es malade, ils disent que c'est pour ton bien et ça leur évite de venir te voir et tu restes toute seule pour ton bien. Tu glisses lentement dans la tombe, d'abord la cheville, puis le mollet, puis le genou, puis le ventre, puis la poitrine, puis le menton, puis le nez.

Si, j'ai un père.

Non, dit Eban.

Si. J'ai un père. Je le sais. Il est parti.

Ah, ah ! Tu n'as pas de père.

Si, j'en ai un.

Mon petit bébé, mon petit bébé. Pourquoi restent-ils là, massés autour du car, à hurler que tu n'as pas de père ? Je voulais aller au-devant du car. Je voulais t'emmener tous les jours. Je ne voulais pas te laisser aller seul à l'arrêt d'autocar. Je voulais t'emmener à l'école, jusqu'au bout.

Je leur ai donné leur chance. J'ai essayé d'être gentille. Je leur ai donné leur chance. Ils le regretteront. J'effacerai ce sourire de leur visage. Ils ont eu leur chance. Ça oui, ils ont eu leur chance. Ils ne s'en sont pas souciés. Personne ne s'en est soucié. Ils ne s'en sont pas souciés. Mais je leur montrerai. Je leur montrerai.

Elle secoua Peggy.

– Réveille-toi, petite peste ! dit-elle d'une voix grinçante.

Sans avertissement, quelque chose se frotta contre ses jambes, ce qui la fit reculer d'un bond en poussant une exclamation. Elle lâcha le foulard, terrifiée de voir la chose bouger toute seule, sauter sur le lit et s'installer sur l'oreiller, près du visage de Peggy. Son premier réflexe fut de fuir, mais elle s'arrêta net. Une partie de la queue du chat émergeait de sous le drap en soie blanche. Sa frayeur s'envola.

Elle observa le petit animal brun roux. Sugar souleva plusieurs mèches de cheveux de Peggy, les mâchonna délicatement, puis se lécha une patte. Ignorant totalement Miss King, il se détourna et ferma les yeux.

D'une tape impatiente, elle essaya de le chasser du lit. Il se dressa d'un bond et brandit une patte, toutes griffes dehors. Une zébrure rouge apparut sur le bras de Miss King.

Pour la troisième fois de la soirée, son visage se modifia. Le masque triste et troublé de Miss Urey s'était d'abord mué en un visage impassible, vide de toute expression. De cette impassibilité était issue la froide cruauté de Miss King. Et cette froideur venait de donner lieu à une nouvelle métamorphose.

Avec son front creusé de rides profondes, ses yeux écarquillés, ses lèvres retroussées, elle ne ressemblait plus à une femme mais à un fauve sur le point de bondir. Mais son expression était pire que celle de n'importe quel fauve, car une intelligence humaine l'animait. Telle une furie, elle noua les deux mains autour du cou du petit animal et sortit de la pièce. Le chat griffait et se débattait, agitant la queue et émettant un sifflement rauque. Sans lâcher sa proie, elle retourna en courant chercher le foulard dans la chambre des enfants.

A la hâte, elle sortit par la porte de derrière, descendit les marches du perron et contourna la maison en direction des bois. Les traits convulsés par l'excitation, les narines dilatées, les yeux luisants, elle posa le chat par terre et le maintint cloué au sol avec son pied. A présent, l'animal n'était plus menaçant. Il implorait. Avec des petits cris plaintifs, horribles et révoltants, il luttait de toutes ses forces pour se libérer du soulier qui l'emprisonnait. D'un geste sec, elle tira sur les extrémités du foulard et le passa autour du cou de la malheureuse bête. A l'instant où elle allait serrer, le chat se libéra, avec un dernier cri désespéré, et fila comme une flèche.

Pantelante de rage, elle s'élança à sa poursuite, trébucha, tomba, se releva aussitôt, prompte comme un tigre, et attrapa l'animal au moment où il allait atteindre la lisière du bois. Elle avait lâché le foulard et ne s'en souciait plus. Elle aplatit le museau de l'animal contre le sol, le frotta dans la terre. Elle lui serra le cou à deux mains, sans savoir encore elle-même comment elle allait le tuer. Elle serra, tout en le laissant redresser la tête afin d'écouter sa clameur terrifiée. Elle resserra son étreinte, appuya de nouveau, le laissa de nouveau se redresser, continua de serrer...

Enfin elle lâcha prise, et la masse inerte glissa sur

le sol. Hoquetant bruyamment, elle s'assit près du petit cadavre. Elle demeura ainsi un long moment, essayant d'aspirer de l'air dans ses poumons.

Lentement, progressivement, l'excitation s'évanouit de son visage. Elle courba la tête avec lassitude, au point que son menton toucha sa poitrine. Faisant tourner ses mains, elle en examina alternativement la paume et le dos. Elle esquissa le geste de les porter à son visage, mais elle les laissa vivement retomber.

Tante Lalia tenait la cuiller et me l'enfonçait dans la bouche.

Elle n'est pas obligée d'en prendre si elle n'en veut pas, dit J.C.

Tante Lalia poussa l'œuf dans ma bouche. Je le recrachai. Elle me gifla et je me mis à pleurer.

Elle n'est pas obligée d'en prendre si elle n'en veut pas, dit J.C.

Qu'est-ce qu'on entend ? demandai-je.

Rien, dit tante Lalia.

J'entends quelque chose, moi aussi, dit J.C.

Taisez-vous, dit tante Lalia.

Tu n'entends rien ? dit J.C.

Il n'y a rien à entendre, dit tante Lalia.

J'ai entendu pleurer, dit J.C.

Mais non, Laura, il n'a pas entendu pleurer, dit tante Lalia.

Tu as vomi sur ta robe, dit J.C.

J'entends quelqu'un qui pleure, dis-je.

Il n'y a personne qui pleure, n'est-ce pas, J.C. ? dit Tante Lalia.

Non, Laura, dit J.C. Il n'y a personne qui pleure.

J.C. avait l'air grave. L'homme dit : « Jusqu'à ce que la mort vous sépare ». Avait-il vraiment prononcé cette phrase ou l'avait-elle simplement lue quelque part ?

Maintenant, dit Maman, Laura retourne à l'hôpital.

Je me mis à pleurer.

Cesse de gémir, dit Maman. Tu avais promis de repartir sans faire d'histoires si nous te laissions assister au mariage.

Je pleurai.

Si tu n'arrêtes pas, dit Maman, nous ne te laisserons pas sortir pour Noël. Cesse de pleurnicher. Cesse de pleurnicher !

Jusqu'à ce que la mort vous sépare, dit l'homme.

Où est Grand-père ? dit J.C.

Veux-tu te taire, dit tante Lalia.

Je t'assure, j'entends pleurer. N'entends-tu pas pleurer, Laura ?

Si, j'entends pleurer.

Arrête, elle va avoir une crise, dit tante Lalia.

Pourquoi est-ce que tout le monde pleure ? Où est Grand-père ?

Je t'achèterai un cornet de glace si tu arrêtes de poser des questions, dit tante Lalia.

Où est Grand-père ?

Il est parti en voyage, dit tante Lalia.

Quel genre de voyage ? dit J.C.

Tais-toi ou je te gifle.

Comment a-t-il pu partir en voyage alors qu'il était dans un asile de vieillards ? dit J.C.

Tais-toi, dit tante Lalia.

Je parie que je sais ce que c'est, ce voyage, dit J.C.

Elle pleurait, mais elle ne savait pas pourquoi. Elle regarda autour d'elle, hébétée, se demandant pourquoi elle était assise sur le sol humide. En fait, c'était sa robe qui était humide, non le sol. Elle avait quelque chose à faire, mais elle ne savait pas très bien quoi. Ah, si : elle devait aller à une soirée costumée. Tous les autres allaient à une soirée costumée, et Grand-père lui avait dit qu'elle pouvait y aller aussi. Maman ne voulait pas, mais Grand-père était d'accord.

Minute. Il y avait autre chose. Si elle voulait aller au bal, il fallait d'abord qu'elle fasse une corvée. C'était toujours comme ça : pas de corvée, pas de sortie. Quelle était la corvée, cette fois ? Elle n'avait pas intérêt à oublier, sinon Maman serait furieuse. Ah ! oui...

Elle se leva. La tête lui tournait et elle se demanda pourquoi elle était si fatiguée. Elle descendit au sous-sol mais ne trouva pas ce qu'elle cherchait. Elle regarda alors au tas de sable. Des petites pelles métalliques. L'une d'elles avait l'air solide. D'un pas assuré, elle s'engagea dans les bois et se mit à creuser. C'était facile. Elle avait déjà fait ce genre d'exercice. Après avoir creusé un moment, elle retourna auprès du cadavre qui gisait sur le sentier.

Elle fourra son foulard dans sa poche, souleva avec sa pelle le petit tas de fourrure et le porta jusqu'à la tombe. Elle jeta l'animal dans la fosse, ainsi que le foulard. Puis, à la hâte, elle combla la fosse, en tassant la terre avec énergie. A titre de précaution supplémentaire, elle disposa des grosses pierres par-dessus. Ceci fait, elle alla remettre la pelle où elle l'avait prise.

A présent, il lui fallait trouver un costume. Elle pouvait aller à la soirée.

CHAPITRE XIII

Tel un ballon chinois, Ed semblait planer au-dessus d'elle, l'entraînant dans son sillage. Ils n'arrêtaient pas de s'enfoncer dans des trous d'air tandis qu'ils s'en allaient à la dérive, loin des cris et du tumulte. Mais ils n'échappèrent pas à l'atmosphère étouffante et confinée. Elle se pencha en avant et, au bout d'un moment, son estomac cessa de se presser contre sa bouche. Il n'était plus là. Le courant l'avait emporté. Et elle, Gil, était allongée sur quelque chose de trop profond, de trop collant et de trop chaud.

Un bref répit en attendant de retourner dans le puits. Elle entendait les voix, les cris de ceux qui étaient restés dans la fournaise. Malgré la distance, on les entendait distinctement.

Mais par moments, le rugissement se muait en un lointain clapotis, semblable au bruit des vagues se brisant sur les rochers, se soulevant et s'abaissant, tandis que les embruns jaillissaient, déposant une blanche écume sur les falaises grises et sur les plages désertes.

A d'autres moments, elle se trouvait dans un énorme dôme bourré de chuchotements étouffés. Des voix désincarnées ronronnaient, bourdonnaient, fredonnaient. Des voix du passé, du présent et de l'avenir. Toutes les voix de l'univers depuis le commencement des temps se bousculaient, se cognaient les unes contres les autres, entassées dans cet immense dôme.

Gil eut l'impression qu'on lui faisait respirer de l'éther. La main de l'invisible anesthésiste plaqua le cornet sur son visage et le maintint en place jusqu'à ce que la nausée l'envahisse. Suffoquée, elle se débattit pour se lever, mais ils étaient nombreux à la maintenir allongée. Ils l'entraînaient inexorablement vers un endroit où elle était déjà allée et ne voulait pas retourner. « Lâchez-moi ! » hurla-t-elle. En vain. Impitoyablement, ils la tirèrent, la poussèrent, la traînèrent jusqu'au bord d'un entonnoir tourbillonnant. Puis elle fut engloutie.

Elle tomba en tournoyant dans ce gouffre sans issue, emportée vers une destination inexistante. Le rugissement s'amplifia, devint un vacarme assourdissant qui lui vrillait les tympans. Tandis qu'elle dégringolait à une allure vertigineuse, elle savait que cette clameur hideuse, discordante, se prolongerait jusqu'à la fin des temps si on ne venait pas la secourir. Elle devrait tourbillonner indéfiniment dans ce pandémonium, sans le moindre répit, jusqu'à ce qu'on la délivre. Mais pour la délivrer, il faudrait que quelqu'un affronte le gouffre. « A l'aide ! » hurla-t-elle. « Au secours ! » Mais dans cet entonnoir, elle n'avait aucun contact avec le monde. On ne pouvait même pas l'entendre. Emportée par le tourbillon, elle tournoya ainsi à travers les siècles. Le mécanisme était cassé et ne pouvait plus s'arrêter. Elle devrait continuer à tournoyer avec lui éternellement, sans même l'espoir que la mort vienne la délivrer.

Puis, brusquement, ça s'arrêta. Pendant un moment, il ne se passa rien.

Parfois, le temps n'existait pas. Parfois, il était aboli. Parfois, immobile, il reposait sur sa poitrine, comme une pyramide sur une momie. « Maintenant, se dit-elle, je sais ce que ressentent les pharaons égyptiens. Quand je serai grande, je déterrerai les corps qui gisent dans ces tombeaux ».

« En fait, je suis déjà adulte. Je suis simplement déguisée en petite fille. »

Sortez des ténèbres du néant et que la lumière soit. Père, Fils et Saint-Esprit pour l'éternité.

Ils chantaient. Au loin, elle entendait des rires ;

mais dans la pièce, c'était le silence. Elle avait soif. Mais c'était si agréable d'être allongée, immobile, en pensant à un verre givré rempli d'un cocktail au citron. Elle ne bougea pas la tête. Elle s'aperçut que si elle restait parfaitement inerte, en se laissant aller à sa rêverie personnelle, elle était à l'abri du tourbillon.

La porte s'ouvrit.

Immobile, Gil tendit l'oreille. Mais son sauveteur ne fit pas d'autre bruit. C'est Ed, pensa-t-elle. De peur qu'il ne s'en aille s'il la croyait endormie, elle souleva la tête de quelques centimètres et émit des bredouillements inintelligibles. Toujours pas de réaction. Elle se remit à marmonner et essaya de se lever. Aussitôt, le manège se remit à tourner. Elle se rallongea vivement. Apparemment, elle avait imaginé entendre la porte s'ouvrir. Ou alors, on avait simplement entrebaîllé le panneau pour jeter un coup d'œil.

Soudain, elle entendit des pas.

« C'est bizarre », se dit-elle. « C'est très mystérieux. Je devrais être effrayée, or je me sens pleine de courage. Il faudra que je boive plus souvent. Mais à ce qu'il paraît, la peur est une protection efficace. J'ai hâte de raconter à Ed combien j'ai été brave. J'espère que je ne suis pas trop laide à regarder. »

Elle sentit une main sur sa nuque et se demanda que faire. Ce geste était fort étrange. Bien que la main n'exerçât aucune pression, Gil éprouva un certain malaise. Elle tenta péniblement de se lever du divan. C'est alors que la main appuya.

– Non, murmura Gil.

Elle commençait à avoir du mal à respirer, car la main lui pressait le visage contre l'oreiller. De plus en plus fort. Elle comprit alors qu'elle retournait dans le tunnel. Il n'y avait pas de seconde chance. Cette fois, si elle plongeait dans le puits sans fond, elle n'en ressortirait jamais. Elle tourbillonnerait jusqu'à la fin des temps.

– Arrêtez, gémit-elle. Je vous en prie, arrêtez. Je n'ai rien fait.

Elle sentait l'odeur de l'éther ; les vapeurs paralysantes enveloppaient son nez et sa bouche. Avec l'énergie du désespoir, elle essaya de rouler sur le côté. De chaque côté de son cou, des doigts commençaient à serrer, à appuyer sur la trachée.

Par vagues, des bruits divers montaient vers elle : des cris et des rires – avec, de temps à autre, des périodes de calme suivies de salves d'applaudissements. Gil aspira l'air avec avidité, des larmes de reconnaissance dans les yeux : elle n'allait pas être obligée de retourner dans le tourbillon sans fin. Une forme blanche se tenait à côté d'elle dans la pièce. Une forme vêtue d'un drap, avec une ceinture à la taille. Des trous pour le nez, les yeux et la bouche. Gil se demanda si c'était une muse grecque ou l'esprit du néant.

Elle sentait encore cette odeur d'éther. Mais en fait, ce n'était pas de l'éther. C'était de l'alcool. Non, du parfum... Un parfum lourd, énivrant.

– Bon Dieu, que se passe-t-il ici ?

Telle une chatte, Gil se frotta langoureusement contre les coussins. Tout allait bien. Ed était là. Ed l'avait sauvée. De quoi ? Du tourbillon. Non, de l'asphyxie. Mais avait-on vraiment tenté de l'étrangler ? Non, ce n'était qu'un effet de son imagination. Comme le tourbillon. En tout cas, à présent, tout allait bien. Ed était de retour. Et elle, elle avait sommeil. Tout ce qu'elle voulait, c'était dormir. Quel étrange cauchemar ! Dieu merci, c'était fini.

– Je suis venue voir comment allait cette pauvre enfant, dit une voix. Quelqu'un a fait boire de l'alcool à cette petite fille.

La voix était familière. A vrai dire, toutes les voix étaient familières ce soir. Du fait que tous les invités portaient un masque, on en était réduit à juger le monde en aveugle, uniquement avec son ouïe et son odorat. Soudain, l'absurdité de la réflexion qui venait d'être faite apparut à Gil. Une petite fille... Etait-ce d'elle qu'on parlait ? Il n'y avait certainement pas de petite fille à cette soirée. Cette personne l'avait prise pour une gamine. Réprimant un gloussement, elle tourna la tête sur l'oreiller et ouvrit les yeux avec précaution. Il lui fallut un moment pour distinguer les objets qui l'entouraient. Elle avait la vue brouillée et ça n'arrêtait pas de bouger. Tout se mélangeait. Cette voix, par exemple... C'était bizarre. Cette voix lui rappelait deux personnes différentes, mais elle ne savait pas très bien lesquelles. Deux personnes en une.

La forme blanche était encore dans la pièce.

Derrière se tenait un sinistre Chinois qui, à la place de son masque, avait maintenant le visage d'Ed. Tweedledee et Tweedledum étaient là également.

– Que se passe-t-il ? demanda Tweedledee.

Gil reconnut la voix de Martha.

– Je ne sais pas, répondit Ed. C'est peut-être un gag. Quand je suis entré, ce fantôme était pratiquement assis à califourchon sur Gil et s'est mis à raconter je ne sais quelles insanités, m'accusant d'avoir saoulé une petite fille.

Quelqu'un aida Gil à s'asseoir et la soutint pour la faire boire. Elle avala d'un trait le liquide frais qu'on lui présentait et retomba en arrière. Elle aurait volontiers bu davantage, mais elle était trop fatiguée pour réclamer.

– Et maintenant, dit Ed, si on ôtait ce masque ?

Gil crut qu'il s'adressait à elle. Portant une main à son visage, elle constata qu'elle n'avait pas de masque. Elle rouvrit alors les yeux et s'aperçut qu'il parlait à la forme blanche. Celle-ci recula en poussant une exclamation, mais Tweedledum bloquait la porte. Gil entendit le bruit sec d'un drap qu'on déchirait ; dépouillé de sa défroque d'esprit immatériel, l'être de chair et de sang qui se cachait dessous apparut.

C'était Miss King.

Voilà pourquoi la voix avait paru familière à Gil. Malgré tout, elle demeurait perplexe. Pourquoi avait-elle cru discerner deux voix en une ? Pourquoi n'avait-elle pu déterminer avec certitude si cette voix était celle de Miss King ou de Miss Urey ?

CHAPITRE XIV

Alison était sceptique : ce coup de fil avait quelque chose de bizarre. Primo, elle n'avait jamais entendu parler de cette Mrs Crowley qui habitait à Ridgeview, 73, Hill Avenue. Secundo, Ridgeview n'était pas la porte à côté. Tertio, la commande était beaucoup plus importante que d'habitude.

« Vous m'avez été recommandée par quantité de gens », lui avait dit la femme ; moyennant quoi, elle avait été trop pressée pour citer un seul nom. Elle etait navrée d'appeler ainsi Alison à la dernière minute, mais elle venait seulement d'apprendre que la personne qui devait préparer le gâteau était tombée malade, or il lui fallait absolument ce gâteau pour trois heures de l'après-midi. Un dessert pour quarante personne. Elle était disposée à le payer quatorze dollars.

Alison n'avait plus beaucoup de temps pour prendre sa décision. Si elle avait eu des relations à Ridgeview, elle aurait pu leur téléphoner pour leur demander si elles connaissaient cette Mrs Crowley. Comme ce n'était pas le cas, elle avait consulté l'annuaire pour s'assurer qu'une Mrs Crowley habitait bien à l'adresse indiquée. Elle avait même rappelé – à titre de vérification – mais personne n'avait répondu. Ce qui ne prouvait rien, Mrs Crowley n'ayant pas spécifié qu'elle téléphonait de chez elle.

Si jamais c'était une mauvaise plaisanterie...

Alison écarta aussitôt cette pensée. C'était une perspective trop épouvantable à envisager : la perte de temps et d'argent, les frais d'essence pour le trajet... Elle était trop soupçonneuse, voilà tout. Elle se rappela ce qu'elle avait lu dans le livre qui était tombé du camion de déménagement : les psychiatres considéraient la méfiance comme l'un des symptômes les plus dangereux. N'empêche, mieux valait prendre ses précautions... D'un doigt rapide, elle composa le numéro de John à son bureau.

– John ? Une certaine Mrs Crowley, habitant 73, Hill Avenue à Ridgeview, m'a téléphoné pour commander un gâteau à quatorze dollars...

– Ecoute, Alison... je suis avec un client.

– J'en ai pour une minute. Je tenais à te donner le nom de cette dame pour le cas où il y aurait du louche là-dessous. A ton avis, faut-il que je gaspille du temps et de l'argent à préparer un gâteau alors que je ne suis pas sûre...

– Oublie cette histoire. Bonsoir.

Il y eut un déclic. Alison considéra le combiné d'un air irrité, puis raccrocha à son tour. Elle s'apprêtait à rappeler quand son regard tomba sur la pendule. Si elle acceptait la commande, elle avait intérêt à se dépêcher d'aller en ville acheter quelques ingrédients. Ce qui la tracassait le plus, c'était que la voix lui avait paru vaguement familière... Mais peut-être était-ce un effet de son imagination ? Oui, sans aucun doute. Ces temps-ci, tout le monde était un peu nerveux. Une sorte d'hystérie collective. A cause de cette femme qu'on avait retrouvée assassinée.

Finalement, la perspective des quatorze dollars la décida. D'ailleurs, quelle raison aurait-on eu de lui faire une farce ? Cela n'avait aucun sens.

Après avoir donné verbalement à Ruth les instructions de dernière minute (elle n'avait jamais pu déterminer si Ruth savait lire ou non), Martha les récapitula sur ses doigts : ne pas oublier, cette fois, de laver le carrelage sous le réfrigérateur ; déplacer les meubles pour faire le ménage derrière ; donner les deux costumes au blanchisseur et dire à Peggy de se changer en rentrant de l'école. Une fois convaincue que Ruth se rappellerait toutes les consignes, Martha alla se contempler dans le miroir mural de la chambre. Elle portait un tailleur de tweed beige avec une jaquette doublée de fourrure, un chapeau en velours orange, des gants en porc, des souliers en box clair et un sac assorti. Satisfaite, elle prit les clefs de la voiture.

– Occupez Dickie pour qu'il ne me voie pas partir, dit-elle.

Ce n'était pas loyal, elle s'en rendait compte ; mais si elle voulait attraper son train, elle n'avait pas le temps de s'offrir une séance de pleurs. Surtout qu'elle devait encore passer prendre Gil. Le vendredi était leur jour de sortie ; aujourd'hui, elles avaient décidé d'aller déjeuner en ville et faire des courses. Sans dire au revoir, elle se faufila discrètement dehors.

En entendant la voiture démarrer, le bébé courut vers le lit, grimpa dessus tant bien que mal et regarda par la fenêtre. Aussitôt, il émit un hurlement prolongé.

– Maman ! cria-t-il. Maman !

Ainsi prévenue du départ de sa patronne, Ruth, qui lavait le rideau de la douche, descendit de la chaise sur laquelle elle était perchée et alla s'asseoir dans le living-room.

– Veux-tu un gâteau ? proposa-t-elle au bébé.

Dickie continua de pleurer à gros sanglots déchirants. Sachant qu'il finirait par s'endormir si elle le laissait sangloter suffisamment longtemps, Ruth ne s'occupa plus de lui. Elle inventoria le contenu du réfrigérateur, se demandant ce qu'elle prendrait pour le déjeuner. A l'instant où elle sortait une bouteille de coca pour patienter en attendant le repas, le téléphone sonna.

– Allo ?

– Pourrais-je parler à Mrs Earnshaw, je vous prie ? s'enquit une voix féminine.

– Elle vient de partir à l'instant.

– Oh, flûte ! – Après une légère hésitation, la femme reprit : – Savez-vous quand elle rentrera ?

– Vers cinq heures.

– Je rappellerai ce soir, dit la femme en raccrochant.

Contrairement à Alison, Ruth ne fut pas troublée le moins du monde par ce coup de téléphone. Fermant la porte afin de ne pas entendre pleurer le bébé, elle s'assit pour savourer sa bouteille de coca.

Puis elle alla dans le living-room, où elle fit négligemment le ménage en regardant la télévision.

– Maintenant, dit Gil, je me sens coupable chaque fois que je sors.

Elle prit dans la penderie son manteau lie-de-vin et le mit devant sa robe en rayonne jaune ; puis, décidant que les deux n'allaient pas ensemble, elle choisit à la place son manteau d'astrakan.

– Dickie pleurait quand je suis partie, dit Martha d'un air soucieux. Il ne pleure jamais quand je le laisse avec Beverly. Je me demande si Ruth est gentille avec lui...

– Mais il faut bien que la vie continue, n'est-ce pas ? reprit Gil. Nous ne pouvons pas nous laisser abattre par deux faits divers publiés dans les journaux.

Elle alla prévenir Mrs Radeck qu'elle partait et lui recommanda de veiller à ce que Glen et Peggy jouent à l'intérieur, soit chez les Nugent soit chez les Earnshaw.

– Mais je peux plus faire appel à Beverly, poursuivit Martha lorsque Gil revint. Après l'histoire de samedi dernier, où elle a été obligée de partir en laissant les enfants seuls... Et puis cette Miss King m'inquiète vraiment. Ma parole, nous cancanons comme deux vieilles dames ! Allez, dépêchons-nous.

Après leur départ, Mrs Radeck – qui n'était pas Ruth – installa le bébé avec des jouets et entreprit de traîner l'aspirateur au premier étage. Malgré le froid, elle ouvrit les fenêtres, défit les draps des lits et retourna les matelas. Elle était occupée à épousseter les meubles lorsque le téléphone sonna. Décrochant l'appareil qui se trouvait près du lit de Gil, elle annonça :

– Ici la résidence de Mrs Nugent.

Gil ne lui avait jamais demandé d'utiliser cette formule pompeuse pour répondre au téléphone, mais Mrs Radeck était très à cheval sur ce qu'elle considérait comme de la correction.

– Je voudrais parler à Mrs Nugent, dit une voix féminine.

– Mrs Nugent est absente pour le moment. C'est de la part de qui, je vous prie ?

– Pouvez-vous me dire quand elle rentrera ?

– Elle est partie pour la journée. Désirez-vous laisser un message ?

– Ce n'est pas la peine, je rappellerai ce soir.

Mrs Radeck n'eut pas le loisir d'insister : on avait raccroché. Contrariée, elle reprit son activité interrompue. Elle détestait ces gens qui téléphonaient sans laisser leur nom. Mrs Nugent ne s'en formalisait pas, certes, mais Mrs Nugent était trop complaisante.

Du rez-de-chaussée monta un cri perçant. Mrs Radeck lâcha aussitôt son chiffon et descendit précipitamment l'escalier pour voir si le bébé s'était fait mal.

Jusque-là, tout allait bien.

La tension avait été insupportable. Quand on

avait quelque chose à faire, il valait mieux s'en débarrasser au plus vite. Sinon, on s'en faisait peu à peu une montagne, au point d'en perdre l'appétit, le sommeil et la sérénité. Maintenant qu'elle avait donné ces coups de téléphone, elle pouvait se détendre un peu. Du moins, jusqu'à deux heures. Ensuite, viendrait la partie la plus difficile. Mais d'ici ce soir, tout serait terminé. Elle pourrait partir.

Si son plan d'aujourd'hui échouait, il lui faudrait prendre des mesures draconiennes. J.C. n'avait pas pu trouver une autre infirmière ; il lui avait dit qu'elle devrait partir dès les premières chutes de neige. Elle ne pouvait pourtant pas repartir sans avoir accompli sa tâche. Cela la torturerait nuit et jour. Ne comprenaient-ils donc pas ? Pourquoi fallait-il qu'ils lui compliquent les choses ?

Normalement, ç'aurait dû être terminé samedi. Elle ne comprenait pas ce qui s'était passé. D'abord, il y avait eu le chat ; ensuite, elle avait perdu le fil de ses idées. La soirée costumée avait éveillé leurs soupçons ; ils avaient cherché le chat partout et elle était certaine qu'ils ne feraient plus appel à Beverly pour garder les enfants. Beverly... Sournoise, fuyante, mielleuse Beverly. Elle s'imaginait que tout le monde l'aimerait si elle se dépensait sans compter pour rendre service. Elle était bien avancée, maintenant !

Il fallait agir aujourd'hui. La voie était libre. Quel bon tour elle avait joué à la petite Douglas ! Elle avait jugé préférable de l'éloigner, elle aussi, car Peggy s'arrêtait toujours chez elle pour prendre un gâteau en rentrant de l'école. La petite Douglas aurait certainement donné l'alerte si Peggy n'était pas passée la voir à l'heure habituelle. Par contre, la femme de ménage des Earnshaw – une certaine Ruth – s'en moquait. De toute façon, si tout se passait bien, elle appellerait Ruth un peu plus tard pour lui dire que Peggy était chez une amie. Ils ne commenceraient pas à s'inquiéter avant cinq heures. Cela lui laissait une marge plus que confortable. Et si jamais il y avait un pépin, elle ne serait pas « brûlée » pour autant : personne ne la soupçonnerait du canular téléphonique dont avait été victime Alison Douglas.

Elle avait déjà mis dans la voiture tout le matériel nécessaire : la pelle, le foulard... Elle avait également repéré l'endroit. Ce qui la rendait nerveuse, c'était l'attente jusqu'à deux heures ou deux heures et demie. Elle se sentait toujours dans cet état *avant*. De nouveau, elle alla regarder par la fenêtre. Elle avait vu Peggy partir pour l'école, le matin même, vêtue de son manteau rouge. Elle avait vu Martha partir chercher la femme de ménage, laissant le bébé seul à la maison. Puis Martha était rentrée et repartie. Comme tous les vendredis.

Le plus gros problème, c'était l'école.

Depuis la récente affaire, ils étaient prudents ; beaucoup plus prudents. Peggy connaissait Miss King mais ne l'aimait pas. Elle risquait de refuser de la suivre. Elle risquait même de faire un scandale. Mais tout était prévu. Il y avait des tas de solutions possibles. Ils avaient beau être prudents, ils ne pouvaient pas penser à tout.

Trop nerveuse pour rester enfermée chez elle, elle s'habilla, se maquilla soigneusement et s'installa au volant de sa voiture. Tout en roulant vers la ville, elle décida de tuer le temps en faisant des emplettes. Elle aimait acheter des choses ; avec tout l'argent que J.C. lui envoyait chaque semaine, elle n'était jamais à court. Elle s'arrêta au grand magasin, où elle acheta du rouge à lèvres, de la poudre de riz, de la crème pour le visage, des houppettes et un poudrier. Ensuite, comme elle avait encore du temps devant elle, elle décida de déjeuner *Chez Amy Lee,* le meilleur restaurant qu'elle connût. Elle s'y rendit en voiture et commanda un verre de xérès, des praires, des cuisses de grenouilles, un moka et un éclair au café. Il était deux heures dix lorsqu'elle termina son repas. Elle partit précipitamment, en proie à une agitation frénétique. Ce déjeuner intempestif avait bien failli lui faire rater le car ! En outre, elle avait trop mangé ; elle aurait volontiers dormi un peu. Mais elle ne pouvait pas se permettre d'attendre la prochaine occasion. Il lui fallait agir maintenant.

Elle brûla un feu rouge, passa devant de petits pavillons et grimpa la route menant à l'école. Les cars étaient déjà garés à la file, mais l'horloge indiquait seulement deux heures vingt. Elle arrivait à temps : la cloche ne sonnait pas avant deux heures vingt-cinq. Elle se gara sur le parking et descendit de voiture. Elle avait choisi une place tout près de la sortie, afin de pouvoir démarrer tout de suite.

Elle n'avait aucune raison d'être aussi nerveuse. Tout se passerait bien. Elle attendrait jusqu'à la toute dernière minute, juste avant le départ du car, et elle monterait précipitamment. Si ça se trouvait, le professeur ne serait même pas là. Seulement le chauffeur du car. Elle savait comment ils s'organisaient ; elle était venue observer comment les choses se passaient.

Il y avait une première sonnerie pour les élèves qui rentraient chez eux à pied. Ils sortaient, escortés de leur professeur, et s'égaillaient dans toutes les directions. Ceux-là, c'était très facile de les aborder ; malheureusement, Peggy n'appartenait pas à ce groupe-là.

Peggy faisait partie de ceux qui prenaient le premier car. La maîtresse les accompagnait, les faisait mettre en rang devant le car et regagnait sa classe, laissant les élèves monter à la queue-leu-leu sous le regard du chauffeur. Mais souvent, des mères de famille venaient chercher leurs enfants, ce qui créait une grande confusion car tous les élèves se mettaient à parler et à piailler. Elle n'aurait qu'à se précipiter au tout dernier moment, juste avant que Peggy ne monte dans le car ; elle lui dirait que sa mère avait besoin d'elle tout de suite et avait demandé à Miss King de la ramener. Au moins, Peggy la reconnaîtrait. Ce serait utile. Le chauffeur ne ferait sûrement aucune difficulté.

Elle avait même prévu exactement ce qu'elle

dirait à Peggy : « Ta mère m'a demandé de venir te chercher. Dépêche-toi. »

Elle parcourut du regard le groupe d'enfants qui se dirigeait vers le premier car. Ils marchaient deux par deux, les fillettes en manteau et chapeau, les garçonnets en blouson de cuir. Peggy discutait avec un petit garçon blond qui marchait à côté d'elle. Elle parlait d'une voix forte et excitée, en tirant son compagnon par le bras pour donner plus de poids à ses propos. Malgré le froid, elle n'avait pas boutonné son manteau. Elle tenait à la main – en vrac – son chapeau, son panier-repas et une liasse de papiers. Ses nattes étaient à moitié défaites et des mèches rebelles encadraient son visage.

Il n'y avait pas à hésiter. Le plan était parfaitement au point. Si elle n'agissait pas aujourd'hui, elle serait incapable de dormir cette nuit.Elle devait se décider. C'était le moment ou jamais. La maîtresse était restée un intant sur le seuil, puis était retournée dans sa classe. Il ne restait que le chauffeur du car.

Elle s'engagea rapidement dans la montée. Voyant que Peggy était presque arrivée à la porte du car, elle se mit à courir.

A cet instant, une femme descendit d'une Buick garée à proximité des cars. Miss King n'avait pas fait attention à cette Buick noire aux chromes étincelants, mais elle se souvint que la voiture était déjà là à son arrivée. La femme était vêtue d'un manteau de vison et courait, elle aussi. C'était une femme d'un certain âge, corpulente et grisonnante.

– Peggy ! criait-elle. Peggy !

Au début, Peggy n'entendit pas, mais elle finit par se retourner. Poussant un grand cri de joie, elle quitta précipitamment les rangs.

– Grand-mère ! Grand-mère !

Miss King s'arrêta et les regarda. Le chauffeur du car observait également la scène. Un homme obèse s'extirpa de la Buick et fit signe à Peggy, qui s'élança vers lui en piaillant. Au bout d'un moment, le chauffeur s'approcha de la voiture et conféra avec le couple. Miss King entendit la femme d'un certain âge discuter, mais le chauffeur expliqua qu'il s'agissait d'un nouveau règlement. Tous les enfants étaient tenus de prendre le car, sauf s'ils rentraient avec leur mère ou s'ils avaient un mot de leurs parents.

La grosse femme cessa alors de protester.

– Vous avez raison, dit-elle. Absolument raison. C'est un excellent principe. Nous te verrons tout à l'heure, ma chérie. Nous allons suivre le car jusqu'à la maison.

Miss King regarda l'homme et la femme remonter dans la Buick tandis que le chauffeur escortait Peggy vers le car, malgré ses récriminations. A pas lents, elle regagna sa voiture. Elle avait eu de la chance. Si elle avait exécuté son plan comme prévu... Elle aurait essuyé le même refus de la part du chauffeur, qui aurait mentionné l'incident à la mère de Peggy. Oui, elle avait beaucoup de chance.

Toutefois, elle ne se sentait pas très bien. Elle n'avait plus qu'un désir : rentrer chez elle et s'étendre. Elle se retrouvait au point de départ. Tout était à recommencer.

CHAPITRE XV

Lorsque Martha rentra chez elle, à cinq heures moins le quart, elle ne vit pas la Buick de son père car celui-ci avait accompagné Ruth à l'arrêt d'autocars. Elle ne se doutait donc absolument pas qu'elle avait de la visite. Elle klaxonna et attendit dans la voiture, tout en examinant la maison d'en face. Les tentatives sporadiques de Miss Urey pour améliorer l'aspect du cottage étaient visibles un peu partout. Elle avait en partie ramassé les feuilles mortes et à moitié repeint en bleu les boiseries d'un gris écaillé. La maison faisait penser à une femme au maquillage inachevé.

Ne voyant pas apparaître Ruth, Martha consulta sa montre et courut à la porte d'entrée. A l'instant où elle l'ouvrait, un imposant tourbillon de soie grise jaillit de sa cuisine et se précipita dans ses bras. La mère et la fille s'étreignirent, le tweed et la soie se mêlant en un motif marbré.

– Dieu du ciel, quand êtes-vous arrivés ? Pourquoi ne m'avez-vous pas prévenue ?

D'un rapide battement de cils, Martha refoula les larmes qui lui montaient aux yeux. Avant qu'elle ait eu le temps de reprendre son souffle, la porte s'ouvrit derrière elle et son père entra. Elle se jeta contre lui, laissant libre cours à son émotion.

– N'allez surtout pas vous imaginer que je pleure parce que je suis heureuse de vous voir, dit-elle. C'est simplement ce froid de canard qui me pique les yeux. Papa, tu es trop gros.

– Me voilà tout trempé, dit M. Jameson. – Se tournant vers sa femme, il ajouta : – Tu vois, je t'avais dit qu'il ne fallait pas arriver par surprise.

– Ma chérie, dit Mrs Jameson, nous voulions te voir avant que n'arrivent ces tourmentes de neige dont parlent les journaux. Tu es très en beauté. (Le chapeau de Martha était de travers, son rouge à lèvres était presque complètement parti et ses cheveux frisottaient). Le living-room est méconnaissable depuis que tu as changé le tissu du divan. (Le tissu était le même depuis que Martha avait emménagé.) Dick a l'air beaucoup plus en forme maintenant qu'il a pris du poids. (Elle n'avait pas encore vu Dick). J'ai bien cru que nous n'arriverions jamais. C'est vraiment dommage que vous vous soyez installés aussi loin. Bon, bon, n'en parlons plus. Arracher ton père à l'usine a été aussi difficile que de séparer deux timbres collés ensemble. Et ce maudit Mr Zepper n'a toujours pas terminé mon tailleur, alors que je lui ai donné le tissu voici des mois. Où est Sugar ? Peggy dit qu'il a disparu.

– Elle a donné le tissu à Mr Zepper la semaine dernière, intervint Mr Jameson.

A cet instant, Peggy sortit de la chambre, le bébé à sa remorque.

– Regarde mes cadeaux, maman ! Tu n'en as jamais vu autant.

Elle s'arrêta pour repousser Dickie, qui essayait de lui prendre le tube de peinture qu'elle tenait à la main.

– Va jouer avec ton éléphant ! cria-t-elle d'une voix perçante.

– Si j'étais si pressée d'avoir ce tailleur, expliqua Mrs Jameson, c'était parce que je voulais le mettre pour venir voir Martha. Mr Zepper aurait bien pu faire un effort ; il m'extorque suffisamment d'argent. De toute façon, c'est un vieux...

Sa voix, raffinée comme de la mousseline, ne perdit rien de sa douceur lorsqu'elle prononça le mot.

– Ma chérie, reprit-elle, nous avons demandé à Ruth de trouver une domestique qui puisse venir tous les jours faire la cuisine et le ménage pendant que nous serons là. Nous ne voulons pas que tu te donnes du mal pour nous. Et ce soir, Ruth nous envoie sa fille. Nous vous emmenons dîner dehors, Dick et toi. Nous avons pris des places pour *Let's Step Out* et *Here Comes Patty*.

– Peggy, arrête ! s'écria Martha en voyant la fillette donner une gifle à son frère. Oh, maman, vous n'auriez pas dû. J'aurais très bien pu m'arranger pour le dîner.

– Bien, majesté ! maugréa Peggy. Mais pourquoi il ne joue pas avec ses jouets ? Ce n'est pas lui le chef, ici... Grand-mère est venue me chercher à l'école, mais il a fallu que je prenne le car quand même. Heureusement, le chauffeur m'a laissée descendre en haut de la côte.

Martha retira son manteau, tapota sa coiffure et entreprit de ramasser tous les jouets qui s'étaient accumulés en son absence. Ceci fait, elle porta les valises de ses parents dans le bureau de Dick.

– Moi, je vais au restaurant, dit Peggy à son frère. Pas toi.

– C'est à se demander si nous vous aimons pour vous-mêmes ou pour votre argent, dit Martha. Qu'est-ce que c'est que cette histoire de car ?

– Le chauffeur n'a pas voulu que nous ramenions Peggy à la maison. C'était un jeune homme très sympathique et séduisant. Et en plus, il avait raison. Nous voulions faire à Peggy la surprise de la retrouver au car, mais on nous a interdit de la prendre en voiture avec nous. Mon Dieu, quand je pense à cette petite fille...

– La voilà repartie, marmonna Mr Jameson en battant en retraite vers le living-room.

– La malheureuse enfant. Où est Peggy ? Oh, tu es là, ma chérie. Au moins, cette terrible affaire a eu le mérite de rendre les gens un peu plus prudents.

– On ne peut pas élever les enfants dans un cocon, maman.

De l'autre pièce, le père de Martha fit observer :

– Il y a là un arbre qui tombera sur la maison à la première tempête, ça ne fait pas un pli. Dick devrait le faire abattre.

– Comment va Betty ? s'enquit Martha. Tu m'as l'air un peu fatigué, papa. Je parie que tu travailles trop.

– Oh... excuse-moi, ma chérie, dit sa mère. Je n'aurais pas dû te reparler de cette petite fille ; ça t'a bouleversée. Rassure-toi, nous allons tous très bien. Betty en est à son quatrième mois et se couche tous les soirs à neuf heures. Nous ne pouvons même pas jouer au bridge ! Sais-tu que ton père rédige ses mémoires ? Toutes les nuits, il saute du lit pour noter un détail ou une histoire du genre « comment Grand-père a volé le cheval. » Et nous allons acheter une ferme ; nous lisons toutes les petites annonces. La semaine dernière, il y en avait une merveilleuse. La propriété était située dans les territoires du Nord-Ouest, au Canada. L'annonce disait : « Cinq cents hectares. Terrain privé. » Ça nous a bien fait rire. Une autre spécifiait, comme si c'était un avantage : « Propriété traversée par route nationale ». Ces gens s'imaginaient sans doute que nous voulions ouvrir un stand de frites ! Et il y avait aussi une centrale d'énergie hydro-électrique.

Martha, qui commençait à se sentir plus détendue, répliqua :

– C'est tout naturel. Je ne pourrais pas me passer d'une centrale hydro-électrique.

– Ma chérie, continues-tu à prendre cette Miss Urey comme baby-sitter ?

Martha se rembrunit légèrement.

– Tu as vraiment l'art de passer du coq à l'âne.

– Cette Miss King est tellement bizarre que tu ne devrais pas prendre le risque de demander des services à son infirmière. Imagine que Miss King soit intervenue pendant que l'autre était ici...

– Combien de temps comptez-vous rester, maman ? J'espère que vous passerez Noël avec nous.

– Noël ? Ma chérie, ton père n'acceptera jamais de délaisser son usine aussi longtemps ! En outre, il paraît que le blizzard en provenance de l'ouest va très vite atteindre la région. Nous ne pourrons rester que quelques jours, mon petit... Je voudrais vraiment que tu te contentes de prendre Alison comme baby-sitter. Tu connais à peine cette Miss Urey.

Mrs Jameson se leva pour regarder par la fenêtre. De l'autre côté de la route, une lumière s'était allumée dans la maison ; on distinguait vaguement la silhouette du cottage.

Sans savoir pourquoi elle se sentait tellement bouleversée, Martha déclara :

– Maman, tu me donnes le tournis. Assieds-toi et parlons d'autre chose, veux-tu ?

– Sais-tu ce que je vais faire ? dit Mrs Jameson. Je vais de ce pas aller voir cette fameuse Miss Urey.

– Quoi ?

– Tu sais que je m'y entends pour juger les gens. Je te dirai tout de suite si c'est une personne digne de confiance. Tu te rappelles cet employé qui a travaillé pour ton père et que tout le monde considérait comme un type honnête ? Moi, j'avais dit qu'il fallait le tenir à l'œil – et j'avais raison, puisqu'il s'est enfui en emportant mille dollars.

– Qu'est-ce qu'il ne faut pas entendre ! C'est toi qui a forcé papa à l'engager parce qu'il te faisait pitié. D'autre part, il n'a volé qu'une centaine de dollars. Mais revenons-en à ce que tu disais : il n'est pas question que tu ailles en face. Tu ne peux pas débarquer comme ça...

– Tu perds ton temps. Ma décision est prise.

– Comme tu voudras, dit Martha, exaspérée.

Elle alla se changer dans la chambre afin d'être prête lorsque Dick rentrerait. Mrs Jameson prit son manteau et sortit. Martha la suivit des yeux. Elle se sentait pleine de remords : sa mère venait à peine d'arriver et elle l'avait déjà rembarrée. Tout en se massant le front, elle entra dans la salle de bains et ouvrit le robinet de la douche. Elle se lava rapidement, frottant son corps pour se débarrasser de la crasse de la ville, puis elle enfila des vêtements propres. Elle se maquillait lorsqu'elle entendit le coup de klaxon de Dick.

– Mon amour ! s'écria Dick en entrant dans le living-room, les bras grands ouverts.

Il s'arrêta à mi-chemin et, oubliant son intention initiale d'embrasser sa femme, il s'enquit :

– A qui est cette voiture ?

– Papa et maman sont là. Quand je suis rentrée...

Mais Mr Jameson les avait déjà rejoints. Les deux hommes se serrèrent la main, se demandant mutuellement comment ça allait, comment allaient tous les gens qu'ils connaissaient et comment marchaient les affaires. En même temps, Peggy essayait de parler à son père des cadeaux qu'elle avait reçus et le bébé s'évertuait à grimper le long de sa jambe. Soudain, ils entendirent des pas précipités dans l'allée et la voix affolée de Mrs Jameson qui appelait sa fille.

Martha se raidit, incapable de bouger. Ce fut Dick qui courut à la porte.

Mrs Jameson remontait le sentier aussi vite que son poids le lui permettait. Elle haletait, une main au côté. Martha écarta Dick et s'élança au-devant de sa mère.

– Que se passe-t-il ? Dick, appelle le médecin. Ce n'est pas ton cœur, au moins ? Qu'y a-t-il ?

Mrs Jameson s'arrêta et essaya de reprendre son souffle.

– Ce n'est pas moi, Martha. C'est ta voisine. Elle est au plus mal.

– Oh, Seigneur... – Martha ferma les yeux. – Je croyais que c'était toi.

– Cette femme a une crise de je ne sais quoi. Quel est le numéro de téléphone du médecin ?

Du moment que l'affaire ne la touchait pas de près, Martha retrouva toute son efficacité. Elle regagna la maison en courant, composa le numéro et tendit le combiné à sa mère, qui expliqua la situation au docteur et raccrocha.

– Etait-elle seule ? demanda Dick. Comment l'avez-vous vue ?

– Par la fenêtre de la cuisine. Je ne suis pas arrivée à ouvrir la porte. Je suppose qu'elle était seule ; je n'ai vu personne d'autre.

– Nous devrions peut-être forcer la porte.

– Je ne sais pas, ma chérie. Ce n'est pas un spectacle pour des jeunes comme vous. C'était horrible.

– Laquelle des deux femmes était-ce ? Comment était-elle ?

– Rousse.

Dick sortit, suivi des autres. Ils traversèrent la route et gravirent les marches donnant accès à la porte de derrière. Dick colla son visage contre la fenêtre de la cuisine mais ne vit personne. La pièce était déserte. Néanmoins, la position bizarre de la table et des chaises indiquait qu'il s'était passé quelque chose d'anormal. Dick essaya d'ouvrir la porte, tout en martelant le panneau avec ses poings.

– J'entends une voiture, dit Martha.

Ils redescendirent tous les quatre le petit escalier et se dirigèrent vers la route. Des phares apparurent au sommet de la côte, balayèrent le tournant, et une Oldsmobile noire s'arrêta près d'eux. Un homme massif descendit vivement de voiture et gravit les marches du perron. Il se pencha pour scruter la fenêtre obscure qui se trouvait près de la porte.

– Je vais briser le carreau pour entrer, dit-il.

A cet instant, sans avertissement, la porte s'ouvrit.

– Bonté divine, murmura Mrs Jameson.

Miss Urey se tenait sur le seuil, pâle, l'air hébété, les cheveux en désordre et les vêtements froissés. A la lueur des phares, ils ne la voyaient pas distinctement. Elle n'avait pas allumé la lanterne extérieure.

– Que... qu'y a-t-il ? Qui est là ? dit-elle d'une voix brouillée.

Ce fut le médecin qui répondit :

– On m'a téléphoné pour me prévenir qu'il y avait ici quelqu'un de malade.

Miss Urey le considéra d'un air surpris, puis regarda les quatre autres visiteurs qui se tenaient en retrait, quelques marches plus bas.

– On vous a téléphoné ? Qui ça ?

– Moi, intervint Mrs Jameson. Je suis la mère de Mrs Earnshaw. Je voulais vous rendre visite et j'ai vu dans la cuisine une femme qui... euh... qui semblait avoir besoin d'aide.

Il y eut un silence, puis le médecin déclara :

– Je vais l'examiner.

Miss Urey demeura fermement rivée sur le seuil.

– C'est inutile, elle dort. Il n'y a rien que vous puissiez faire.

– Ça ne me dérange pas de...

– C'est inutile. Je sais comment la soigner. Elle est suivie par un médecin. Si j'avais pu me douter qu'elle aurait une crise ce soir, je ne serais pas allée me promener. Généralement, il y a des symptômes avant-coureurs.

– Etes-vous infirmière ?

Nouveau silence.

– N-non, répondit-elle enfin. Simplement aide-soignante. Mais je m'occupe d'elle depuis longtemps. Je sais exactement que faire dans ces cas-là.

Le médecin se détourna et descendit les marches.

– En cas de besoin, n'hésitez pas à m'appeler. Dr Murray, 5996.

– Merci.

Debout sur le seuil, elle les regarda s'éloigner en silence. Ils s'arrêtèrent au bord de la route, attendant pour parler qu'elle eût refermé la porte. Miss Urey finit par comprendre ; elle tourna les talons et rentra dans la maison.

– Eh bien... dit Martha.

– Envoyez-moi votre note, docteur, dit Mr Jameson au médecin.

– Ce ne sera pas nécessaire, dit le médecin en remontant dans sa voiture.

– Beverly a eu une attitude bien étrange, dit Martha.

– Elle a probablement raison, dit le médecin. Je ne peux pas faire grand-chose en pareil cas.

– Mais que s'est-il passé, au juste ? demanda Martha. De quoi souffre Miss King ?

– Je ne peux pas me prononcer. Je ne suis pas son médecin.

– Elle est certainement épileptique, décréta Mrs Jameson.

– Epileptique ? s'exclama Martha comme si elle venait de voir un serpent venimeux. Beverly n'a jamais prononcé ce mot-là.

– Ne vous emballez pas, dit le médecin en démarrant. Il y a toutes sortes de crises convulsives. Beaucoup de maladies nerveuses ressemblent à l'épilepsie... Bon, il faut que j'y aille.

Les quatre autres regardèrent les feux arrière de la voiture disparaître derrière la côte. Puis ils rebroussèrent chemin vers la maison.

– Nous n'aurions pas dû laisser les enfants seuls, dit Mrs Jameson en pressant le pas.

Elle se mit à courir vers le perron. Lorsqu'elle se fut assurée que Peggy et le bébé jouaient tranquillement, elle jeta son manteau sur une chaise.

– Martha, cette femme qui nous a ouvert... Est-ce cette Miss Urey que tu trouves si sympathique ?

– Oui, pourquoi ? répondit Martha, sur ses gardes.

– Et tu lui confies les enfants ?

– Je le faisais jusqu'à maintenant. Mais...

– Martha, elle ne me plaît pas.

– Oh, maman ! soupira Martha en se laissant choir dans un fauteuil.

– A quelle heure la baby-sitter doit-elle arriver ? demanda Mr Jameson. Je meurs de faim.

– Qui va faire dîner les gosses ? s'inquiéta Dick.

– Peggy vient au restaurant avec nous. Quant au bébé, c'est la fille de Ruth qui va s'en occuper. Martha, écoute bien ce que je te dis : cette Miss Urey a quelque chose de louche. Je le sens.

– Mais enfin, maman, tu ne la connais pas...

– Je suis de l'avis de ta mère, intervint Dick. Tu fréquentes plus de gens bizarres que...

– Maman est jalouse parce que je lui ai dit que les enfants adoraient Beverly. Quand on pense à tout ce qu'elle a fait pour nous...

– Martha, je le sens au plus profond de moi-même. Je t'en prie, promets-moi de ne plus lui confier les enfants. Je te le demande instamment, ma chérie.

Martha, qui avait déjà pris la décision de ne plus faire appel à Beverly, se surprit à réviser sa position. Comme si elle était encore adolescente, elle éprouva le besoin de s'affirmer en prenant le contre-pied de ce que disait sa mère.

– Tu réagis de façon stupide, maman. Peggy aime beaucoup Beverly, et les enfants savent très bien juger les gens.

– Ça, c'est un des clichés les plus absurdes qui soient, déclara Dick. Prétendre que les enfants et les animaux sont doués pour juger les gens ! Pourquoi des créatures qui sont bêtes comme leurs pieds deviendraient-elles instinctivement intelligentes lorsqu'il s'agit d'analyser le caractère d'autrui ?

Mrs Jameson était en proie à une intense agitation. Sans savoir pourquoi, elle sentait qu'il lui fallait absolument convaincre Martha, comme si c'était une question de vie ou de mort.

– Je t'en prie, ma chérie, promets-moi. Je t'en supplie, promets-moi de ne plus laisser les enfants à cette Miss Urey.

– S'il te plaît, parlons d'autre chose.

CHAPITRE XVI

Toute la journée de dimanche, les présages s'étaient multipliés. Au début, la météo avait indiqué que des tourmentes de neige, à trois cents kilomètres à l'ouest, approchaient lentement. Puis on avait annoncé des vents de cinquante kilomètres-heure. En fin de journée, les vents prévus soufflaient à quatre-vingts kilomètres-heure et des avis de tempête avaient été communiqués à tous les bateaux de plaisance. D'après le commentateur, les aéroports avaient été fermés aux avions, aussi bien au décollage qu'à l'atterrissage. Dans l'ouest, les congères rendaient les routes impraticables, bloquant des familles de paysans dans leurs fermes.

Le lundi matin, on commença à parler à la radio des catastrophes dues aux chutes de neige. Tout en faisant son repassage, Martha écouta le compte-rendu des malheurs qui arrivaient aux autres. Ces informations étaient très abstraites, comme toujours en pareils cas ; elles n'en étaient pas moins lourdes de menaces, comme l'ombre qui est censée s'étendre sur un homme le jour de sa mort. Une grand-mère et son petit-fils avaient été retrouvés sur la route, ensevelis sous la neige. De toute évidence, la grand-mère avait tenté de porter l'enfant à l'abri avant que la tempête ne les isole, mais les forces lui avaient manqué. On n'avait retrouvé que deux cadavres gelés. On avait découvert dans une ferme un garçonnet et sa petite sœur, morts de froid dans leurs vêtements légers. Les parents avaient disparu sans laisser de traces. Près d'une route nationale habituellement très fréquentée, on avait retrouvé les restes d'un homme attaqué par des loups... La litanie était interminable.

Martha éteignit la radio. C'en était trop pour elle : d'abord le départ de ses parents, ensuite ces nouvelles désastreuses... Elle se sentait déprimée, mal dans sa peau. Après l'animation qu'avait connue la maison, celle-ci paraissait anormalement calme. Le bébé dormait et Peggy était à l'école. Incapable de supporter ce silence, Martha mit un disque sur l'électrophone. Elle repassait un pyjama de Dick lorsque le téléphone sonna. Elle posa le fer sur son support et alla répondre.

– Avez-vous entendu les avis de tempête ? s'enquit Gil à l'autre bout du fil.

– Comment faire autrement ? J'ai décidé de ne pas prendre le yacht aujourd'hui. Pourquoi cette question ?

– Oh, pour rien. Je voulais juste vous prévenir que nous irons coucher cette nuit chez mes beaux-parents. Je n'ai aucune envie de rester ici dans le blizzard. Et vous, qu'est-ce que vous comptez faire ?

– Rien. Je n'y ai pas réfléchi.

– Ça m'a l'air bien parti pour faire des dégâts. Je ne sais pas... c'est peut-être idiot, mais je me dis que ce n'est pas la peine d'affronter la tempête si on peut l'éviter.

– Si nous devons être bloqués par la neige, j'ai peut-être intérêt à faire le plein de provisions.

– Vous savez où est la clef de la maison si jamais vous avez besoin de quelque chose.

– Merci. Je commence à me faire l'effet d'une naufragée. Amusez-vous bien, tous les deux.

Après avoir raccroché, Martha débrancha le fer à repasser et laissa tout en plan. « Quel dommage, se dit-elle, que Gil n'ait pas plus le goût de l'aventure ! » Elle réveilla Dickie, l'habilla et prit la voiture pour aller en ville.

Après le silence pesant de la maison, elle fut

soulagée de retrouver l'animation de Post Road. Il lui sembla que, pour un lundi matin, il y avait une foule inhabituelle à l'épicerie. Rassemblés par petits groupes, les gens parlaient du blizzard qui approchait. Les paniers des ménagères se remplissaient de boîtes de conserve, de bougies et de grosses provisions de viande. Et, comme toujours quand il se passait quelque chose d'extraordinaire, des gens qui ne se connaissaient pas échangeaient des commentaires sur la situation.

Martha prit dans les rayons trois douzaines de bougies, une ample réserve de lait en boîte et toutes sortes de plats cuisinés. Mais en arrivant à la caisse, elle s'aperçut que les clients n'avaient droit qu'à un nombre limité d'achats. Elle dut remettre à leur place deux douzaines de bougies et la moitié de ses boîtes de lait.

– J'espère au moins que nous aurons un blizzard digne de ce nom, sinon je me sentirai frustrée, dit-elle à Mrs Frazee, la bibliothécaire. J'imagine déjà le moment épique où je verrai enfin arriver les secours, après quarante jours et quarante nuits de solitude, n'ayant plus en réserve qu'une malheureuse boîte de lait pour les enfants...

Mrs Frazee ne sourit pas.

– On voit que vous n'étiez pas là il y a neuf ans, dit-elle. J'espère que ce ne sera pas pareil cette fois-ci. A l'époque, nous habitions en pleine campagne et notre maison était entièrement équipée à l'électricité. Nous étions privés d'eau potable parce que la pompe ne marchait pas. Nous n'avions pas l'eau courante et nous étions obligés de faire la cuisine dans l'âtre. En plus, naturellement, la maison était glaciale. La cheminée ne chauffait rien du tout, mais le living-room...

– C'est trop dommage, l'interrompit Martha. Nous avons une cuisinière à gaz et l'eau de la ville !

Après avoir chargé ses provisions dans la voiture, elle se demanda si elle ne devait pas aller chercher Peggy à l'école au lieu de la laisser rentrer à l'heure normale. Elle y renonça finalement, jugeant cette démarche injustifiée. Si les responsables de l'école l'estimaient nécessaire, ils renverraient les enfants chez eux. Martha se demanda alors si elle ne devait pas laisser la voiture à la gare et se faire ramener par une amie, pour le cas où Dick n'arriverait pas à faire démarrer le vieux tacot. Mais elle écarta également cette idée. Dick pourrait toujours prendre un taxi. La vérité, se dit-elle, c'était qu'elle avait le cerveau en ébullition depuis le coup de téléphone de Gil et qu'elle recherchait simplement un prétexte pour ne pas retourner à son repassage. Elle se rendit à pied chez *Haver's*.

Dans ce coin-là aussi, il régnait une effervescence inhabituelle. Au lieu de traîner dans les magasins, les femmes faisaient rapidement leurs achats et partaient aussitôt. Les groupes de badauds se disloquaient et tout le monde rentrait chez soi, chacun de son côté. On eût dit que le bulletin d'informations, par le biais des ondes radiophoniques, avait apporté des graines qui, ayant trouvé un terrain fertile, se propageaient à toute allure d'un lieu à un autre. Chaque personne – en état d'hystérie latente – n'avait besoin que de cette graine pour rendre active la maladie. De toutes parts, les symptômes se manifestaient. Martha – qui était aussi réceptive au mal que les autres – acheta des cigarettes, des revues, et ramena Dickie à la voiture.

Lorsqu'elle quitta la ville, les premiers flocons tombaient. Le ciel s'assombrit brusquement et le vent s'engouffra dans les rues en sifflant. Martha se reprocha de ne pas être allée chercher Peggy ; soucieuse, elle regarda les lumières de la maison trembloter au loin. Dans des moments comme celui-là, elle regrettait de n'avoir pas acheté une maison en plein village, comme tous les autres. Pendant la belle saison, la campagne l'enchantait et lui donnait un sentiment de supériorité sur tous les malheureux qui vivaient entassés les uns sur les autres, là, en bas. Mais en cet instant, elle se sentait isolée, abandonnée, tenaillée par la crainte atavique de se trouver sans recours. En ville, ils pouvaient se serrer les uns contre les autres pour se réchauffer ; elle, il lui fallait faire face à la situation en solitaire.

Elle fut quelque peu rassérénée de se retrouver chez elle, loin de ces bois qui évoquaient une maison depuis longtemps abandonnée, une maison délabrée dont les murs étaient jonchés de détritus accumulés au fil des années. Elle fut également soulagée de ne plus avoir sous les yeux le spectacle du confort douillet des autres. Sa principale préoccupation, à présent, c'était de voir Peggy en sécurité à l'intérieur du fort ; elle pourrait alors dresser les barricades en attendant le retour du maître de céans, qui prendrait les choses en mains. Elle vérifia la bouteille de gaz et constata que celle-ci indiquait encore « en service » et non « réserve », ce qui signifiait qu'il restait plus d'une bouteille. La cuve à mazout, au sous-sol, était aux trois-quarts pleine. Le seul problème, c'était la réserve de bois. Martha remonta vivement l'escalier et téléphona à Mr Dobie dans l'intention de lui commander une cordée de bois. Ce fut Mrs Dobie qui lui répondit.

– Désolée, Mrs Earnshaw, mais mon mari n'est pas là. De toute façon, il ne lui reste plus du tout de bois. Nous avons été submergés de coups de fil pendant tout le week-end.

– Mais notre réserve est presque épuisée, protesta Martha. J'ai deux-jeunes enfants. S'il y a une panne d'électricité cette nuit, nous gèlerons.

– Je regrette, répéta son interlocutrice. Mon mari n'a même pas eu de quoi honorer ses commandes. S'il peut faire couper d'autres bois et s'il arrive encore à passer, il essaiera de monter demain.

– Comment ça, « s'il arrive encore à passer ? »

– Si les routes sont praticables, j'entends. Il arrive qu'elles soient bloquées. Non pas tant par la neige que par les arbres qui tombent. Je me souviens, il y a neuf ans...

– Je vois. Enfin, si jamais il y a une panne de secteur, vous penserez à nous, je compte sur vous ? Mon petit dernier n'a qu'un an et demi.

Je ferai de mon mieux, Mrs Earnshaw.

Après avoir raccroché, Martha alla regarder par la fenêtre du living-room l'arbre qui, d'après son père, risquait de tomber à la première tempête. Elle éprouva un malaise en constatant que le sol était déjà recouvert d'une épaisse couche blanche. Dans les bois, derrière la maison, elle ramassa les bûches que Dick avait débitées dans les arbres qui étaient tombés lors de la dernière tempête. Elle les porta dans la cuisine et ressortit le panier à linge pour le remplir de petit bois. Tandis qu'elle rentrait entraînant sa corbeille, elle entendit Peggy crier du sommet de la côte :

– Maman, il neige !

Le dos tourné pour protéger ses yeux des flocons, Martha attendit, se souvenant trop tard qu'elle n'avait pas fait mettre ses bottes à Peggy. La fillette dévala la pente en courant, son chapeau à la main, son manteau ouvert et ses nattes à moitié défaites – comme d'habitude.

– Oh ! maman, allons faire du patin ! haleta-t-elle. Pourquoi tu n'es pas venue me chercher, comme les autres mères ? J'ai les pieds tout mouillés. C'est ta faute, tu m'as laissée partir sans bottes.

Tout en hissant la corbeille sur le perron, Martha se mit à rire. Elle embrassa Peggy sur le bout du nez, l'entraîna dans la maison et ferma la porte à clef, comme si cette précaution pouvait empêcher la tempête de les atteindre.

– Peggy, tu es impayable !

Après avoir essayé de convaincre Peggy qu'il n'était pas possible d'aller patiner ni d'aller faire des visites, Martha retira ses souliers et ses chaussettes, qui étaient trempés, et décrocha le téléphone. Elle demanda l'inter et attendit, en regardant les feuilles mortes voltiger derrière la fenêtre. Le vent souleva un morceau de bois, qu'il fit tourbillonner avant de l'emporter.

– Je voudrais parler à Mr Earnshaw, s'il vous plaît.

Mais Martha n'alla pas plus loin que le standard de l'usine.

– Vous êtes Mrs Earnshaw ? demanda l'opératrice. Mr Earnshaw a essayé de vous joindre ce matin. Il s'est passé quelque chose de très important et il a été obligé de partir en train dans le nord de l'Etat. Il m'a chargée de vous dire qu'il ne rentrerait pas avant demain.

Martha raccrocha et demeura immobile, comme engourdie. Dehors, malgré la fureur du vent, la neige s'amoncelait presque insidieusement. Elle commença par recouvrir les feuilles, puis, sans avoir l'air d'y toucher, elle s'attaqua aux petits arbustes et aux buissons. Le vent se déchaînait dans le seul but de créer une diversion, pour détourner l'attention de Martha du véritable danger. Imperceptiblement, d'énormes congères s'entassèrent sur les côtés de la maison et le long de la route.

– Charles, dit Peggy à Dickie, quand on te tire dessus, il faut que tu te couches par terre et que tu fasses le mort.

Martha décida de se secouer. Elle alluma la télévision pour les enfants, puis elle s'activa avec fébrilité, comme s'il n'y avait pas une seconde à perdre. Il lui semblait essentiel de laver les enfants, de les faire dîner et de les mettre au lit – en sécurité – dans les plus brefs délais. Elle donna à Peggy son pyjama et habilla rapidement Dickie.

Jusqu'à présent, rien ne l'avait réellement troublée : ni sa déprime de la matinée, ni son sentiment d'isolement, ni même le manque de bois. Car elle avait toujours su, au fond d'elle-même, que Dick serait bientôt de retour. Dick mettrait fin à la solitude, Dick veillerait à ce qu'ils aient du bois, Dick ne les laisserait pas mourir de faim si jamais le lait venait à manquer. Mais maintenant, tout était différent. C'était elle, Martha, qui était entièrement responsable de la maisonnée. Nul ne pouvait prédire quand Dick serait en mesure de rentrer.

Heureusement, John et Alison étaient là.

– Maman, règle la télévision ! cria Peggy.

Tel une femme de ménage en folie, le vent balayait rageusement la neige, formant des tas qu'il dispersait aussitôt. Il obligeait les arbres à se courber au maximum, puis les lâchait brusquement, les laissant reprendre leur position initiale. A travers les fenêtres, sous l'avant-toit, dans la cave, il hurlait, gémissait, harcelait, ricanait. Et ce faisant, il réussissait parfaitement à saper peu à peu le moral de Martha.

Pourquoi avait-elle pensé uniquement à Alison et John ? Pourquoi n'avait-elle pas pensé à Beverly ?

En fait, elle savait qu'elle n'irait pas trouver Beverly si jamais elle avait besoin d'aide. Peut-être à cause des réticences de sa mère... peut-être parce que Beverly avait laissé les enfants en plan l'autre soir... peut-être... Elle n'en savait rien. Tout ce qu'elle savait, c'était qu'elle n'irait pas demander de l'aide à Beverly.

Elle avait peut-être intérêt à aller passer la nuit ailleurs. Mais cela entraînerait bien des complications. Et puis elle se sentirait trop bête.

– Combien de fois faudra-t-il te répéter de régler la télévision ? demanda Peggy.

Poussée par son besoin de s'activer, Martha entra dans le living-room. Constatant que l'image de la télévision sautait, elle éteignit le poste malgré les bruyantes protestations de Peggy. Après quoi, elle vérifia la fermeture des fenêtres, verrouilla les portes, entassa à toutes fins utiles des vêtements chauds sur une chaise de la cuisine, fit dorer deux hamburgers dans une poêle, posa des petits pains sur la table, vérifia de nouveau la fermeture des fenêtres, s'assura que les portes étaient bien verrouillées, sortit du placard d'autres vêtements et des couvertures.

A cet instant, les lumières s'éteignirent.

Martha se cogna contre le chambranle de la porte et s'immobilisa, étourdie par le choc. Tout en se massant la tête, elle se reprocha de n'avoir pas pensé à sortir les bougies. A tâtons, elle avança prudemment dans le noir. Lorsqu'elle eut enfin localisé le placard, elle passa la main sur la surface pour trouver la serrure. Elle ouvrit la porte, prit le paquet de bougies et retourna chercher des allumettes à la cuisine. Elle alluma six chandelles ; puis, se ravisant, elle les éteignit toutes sauf deux, qu'elle plaça respectivement dans la cuisine et dans le living-room.

A présent, elle n'était plus pressée. Les tâches qu'elle avait estimé urgent de terminer avant qu'il n'arrive quelque chose n'avaient plus besoin d'être terminées – peut-être parce que le « quelque chose » était déjà arrivé.

De gros flocons bouchaient complètement la vue. Ils semblaient animés d'une vie propre, intensément maléfique, comme une foule galvanisée par la haine. Ils se bagarraient et se bousculaient, serrés les uns contre les autres comme s'ils étaient entassés dans un immense tonneau sans fond renversé sur la terre. Et ils ne rencontraient aucune résistance : le ruisseau se laissa immobiliser sans lutter, les arbres s'inclinèrent, leurs branches cédèrent, la route fut annihilée. Les assaillants n'allaient pas tarder à vaincre également la maison. Ce n'était qu'une question de temps.

Martha éprouva un choc en constatant que les buissons du devant avaient été engloutis. Ils n'existaient plus, et rien ne permettait de situer l'endroit où ils étaient encore peu de temps auparavant. Comme par un tour de prestidigitation, tous les points de repère avaient disparu à mesure que le niveau du sol s'élevait.

Martha avait lu un jour un article sur des

maisons complètement enfouies sous la neige, dont les occupants avaient été retrouvés asphyxiés, figés dans des positions bizarres.

Le thermomètre indiquait toujours vingt et un degrès. Martha disposa dans la cheminée des journaux froissés, du petit bois et des bûches, mais elle ne les enflamma pas tout de suite. Elle n'avait pas beaucoup de petit bois et, une fois que le feu serait allumé, elle devrait l'entretenir le plus longtemps possible.

– Je voudrais bien que papa soit là, dit-elle à Peggy.

– Pourquoi ?

– Eh bien... pour qu'il ne rate pas cette aubaine ! Demain, toi et moi, nous allons bien nous amuser à faire de la luge. Elle semblait éprouver le besoin impérieux de parler. Ecoute-moi ce vent ! C'est agréable, non, d'être bien au chaud ici au lieu de se geler dehors ? Tout à l'heure, quand j'allumerai le feu, nous essaierons de faire du pop-corn.

– C'est vrai ? Oh, maman, je t'adore !

Incapable de tenir en place, Martha s'affaira dans la cuisine. « Voyons », se dit-elle, « j'ai des provisions pour une semaine. Du gaz aussi. Donc, si la tempête continue et nous isole du reste du monde, j'arriverai à tenir une semaine entière. C'est ce qui s'est passé lors de l'autre ouragan. Le seul problème, c'est la chaleur. Si jamais l'électricité ne revient pas, il faudra que je débite les vieux meubles qui sont au sous-sol – si tant est que je puisse y accéder... »

Elle servit les hamburgers et donna sa blédine au

bébé. Elle sentait le froid s'insinuer à travers les fentes et les ouvertures non protégées, ramper sur le carrelage, pénétrer par les fenêtres et la cheminée. Elle ferma les rideaux et habilla chaudement les enfants. Ensuite, elle tira dans la cuisine le berceau de Dickie, dont elle érafla les montants en passant la porte.

– Qu'est-ce que tu fais ? s'enquit Peggy en s'arrêtant de manger.

– Je veux isoler cette pièce pour conserver la chaleur dans cette partie de la maison.

– J'aime bien les bougies, dit Peggy. A partir de mainenant, on s'éclairera toujours aux bougies.

Après avoir pris dans la chambre des enfants tout ce dont elle pensait avoir besoin, Martha s'assit pour compter les bougies qu'elle avait en réserve. Outre les douze qu'elle avait achetées le matin, elle en avait six de taille ordinaire, deux longues – fines et colorées – qu'elle utilisait quand elle recevait, deux grosses qui lui servaient à Noël, et quelques bouts de chandelles.

Tandis qu'elle remettait les bougies à leur place, elle prit conscience d'un phénomène anormal. Sur le moment, elle ne put déterminer ce que c'était. Un changement était en train de se produire, mais elle n'aurait su en préciser la nature. Elle examina la pièce, regarda les enfants installés dans le living-room, scruta les fenêtres impénétrables, contempla le désordre inhabituel de la cuisine... et, soudain, elle comprit ce qui manquait : le bruit de fond de la tempête.

Dehors, c'était l'accalmie. Le vent était tombé. Un silence lourd, oppressant, enveloppait la maison.

Au lieu de se sentir soulagée, Martha se raidit. Elle s'était habituée à ce vacarme qui fournissait un contrepoint à ses pensées ; sans lui, elle se sentait désemparée. D'ailleurs, aucune armée n'abandonnait le champ de bataille quand elle était sur le point de remporter la victoire. Apparemment, le vent s'était retiré afin de rassembler ses troupes. Dans le silence total, la délibération se prolongea. La neige tombait sans bruit, calmement, tout à fait normalement. Les arbres se redressaient timidement, attendant de voir ce qui allait se passer. Derrière la fenêtre, les flocons humides tournoyaient en chuchotant.

Et soudain, ce fut l'attaque.

Avec la clameur féroce d'un millier d'Indiens s'abattant sur leur proie pétrifiée, le vent et ses renforts dévalèrent la colline. Un hurlement strident accompagna l'assaut, un battement semblable au bruissement d'ailes de millions de vautours. Aveuglée par la fureur, la neige encercla ses victimes et les réduisit à l'impuissance. Les arbres hurlèrent de désespoir. La maison trembla sur ses bases, les carreaux vibrèrent et les cendres de la cheminée s'éparpillèrent sur le plancher. Au même instant, un fracas épouvantable retentit.

CHAPITRE XVII

Il sembla à Martha que, entre le premier craquement et le choc final, le temps avait été suspendu. Le délai fut interminable. Elle attendit, pétrifiée, se demandant sous quelle forme la catastrophe allait s'abattre sur eux. Elle n'avait qu'une envie : prendre les enfants sous le bras et fuir, se cacher pour échapper à la calamité qui allait se produire. Mais elle estima qu'ils étaient tout aussi en sécurité ici qu'ailleurs, comme quand on lâche une bombe sur une ville et que nul ne peut prévoir exactement où va atterrir l'engin de mort. Durant cette même fraction de seconde, Martha se fit la réflexion qu'elle devait se séparer des enfants pour qu'au moins ils ne meurent pas tous les trois, laissant Dick complètement seul.

Elle entendit Peggy crier. Elle se précipita aussitôt dans le living-room, s'attendant à trouver le plafond défoncé et les enfants enterrés sous les décombres.

Mais les enfants étaient bien vivants. Assis par terre, Dickie, bouche bée, levait la tête d'un air surpris. Peggy, elle, avait couru se mettre à l'abri. Recroquevillée dans un coin de la pièce, elle gémissait faiblement.

Les débris de la fenêtre de derrière jonchaient le plancher et la neige avait envahi le living-room. Malveillante, elle recouvrait déjà la bibliothèque, le divan et le plancher, telle un ennemi qui a réussi à pénétrer de force. Et les branches de l'arbre qui lui avait ouvert la voie se déployaient dans la pièce comme des tentacules à l'intérieur d'un navire en train de couler.

Martha prit le bébé dans ses bras et serra Peggy contre ses jambes.

– Calme-toi, ma chérie. Ne pleure pas, ce n'est rien. Un peu de neige ne peut pas nous faire de mal.

Sans s'en rendre compte, elle se balançait d'avant en arrière pour les apaiser. Au bout d'un moment, elle se dirigea vers le téléphone. Elle n'avait personne à appeler en particulier ; elle voulait seulement avoir la confirmation de ses craintes. L'espace d'un instant, elle fut tentée de différer le moment fatidique. Finalement, elle décrocha le combiné et le porta à son oreille. Ainsi qu'elle l'avait redouté, la ligne était morte.

Elle raccrocha et s'approcha de la fenêtre fracassée. L'arbre qui était tombé sur la maison n'était pas celui que son père avait estimé urgent d'abattre. Elle cligna des yeux, essayant d'y voir à travers la tourmente de neige. L'arbre mort continuait à vaciller en émettant des craquements sinistres.

– J'ai peur, sanglota Peggy. Il fait froid.

Aussitôt, Martha secoua sa léthargie et prit la situation en mains.

– Je vais arranger ça, dit-elle à Peggy. Toi, reste ici.

Elle posa le bébé par terre, traîna une chaise dans la salle de bains et monta dessus pour prendre dans le placard du haut des oreillers et des vieilles couvertures, qu'elle emporta dans le living-room. Là, elle grimpa sur le canapé et boucha la fenêtre avec les oreillers. Puis elle s'agenouilla devant la cheminée. Ses doigts engourdis par le froid la gênèrent pour allumer le feu. Lorsque la flamme jaillit enfin, elle s'accroupit pour regarder flamber le papier journal, tout en tisonnant délicatement le petit bois. Son souffle formait de la vapeur en s'échappant de ses lèvres entrouvertes. Le petit bois flamba quelques instants, puis le feu s'éteignit avec un grésillement.

Martha demeura un moment à contempler le bois mort, essayant de lui insuffler la vie par la seule force de sa volonté. Puis elle émit une longue plainte – ce qu'elle n'aurait pas fait si elle s'était souvenue à temps de la présence de Peggy. Elle se retourna vivement. La fillette la regardait, les yeux agrandis. Puis elle reporta son regard sur la fenêtre obturée, telle une sentinelle chargée de veiller à ce que l'ennemi ne fasse pas une nouvelle irruption par la brèche déjà ouverte.

Martha disposa les sièges en rond, isola avec des oreillers le cercle ainsi formé et tendit une couverture par-dessus.

– Regarde la belle tente, dit-elle à Peggy. Cette nuit, nous dormirons dans une tente bien douillette.

De l'arrière de la maison leur parvint un bruit semblable au grincement d'un vieux rocking-chair se balançant dans une pièce inoccupée. Le grincement continua avec une monotone régularité, au rythme du vent qui faisait ployer l'arbre mort.

C'est alors que Martha commit sa première grosse erreur. Prenant son manteau, ses bottes et ses moufles, elle s'habilla pour sortir.

– Où vas-tu ? s'écria Peggy, alarmée.

– Allons, Peggy, écoute-moi et ne te mets pas dans tous tes états.

Elle prit une profonde inspiration pour affermir sa voix et regarda, dehors, l'arbre qui tanguait. Il n'en avait plus pour très longtemps. A l'entendre craquer, il paraissait sur le point de céder d'un instant à l'autre.

– Je ne veux pas vous emmener, Dickie et toi, sans être sûre que John et Alison sont chez eux. S'ils sont là, je leur demanderai de venir m'aider à vous porter...

– Je vais avec toi.

– Ma chérie, je ne peux pas vous porter tous les deux. Et tu n'arriveras pas à marcher.

– Tu n'as qu'à prendre la voiture, dit Peggy d'une voix mouillée de larmes.

Martha aurait bien voulu pouvoir pleurer sur l'épaule de quelqu'un. Ce genre de situation était beaucoup moins pénible quand il y avait quelqu'un d'autre pour prendre les décisions et assumer les responsabilités.

– Je ne peux pas prendre la voiture, mon chou.

– Je marcherai, maman. Je t'aiderai à porter Dickie.

Martha la prit dans ses bras et lui montra la fenêtre donnant sur le devant.

– Regarde, mon bijou. Tu vois l'endroit où étaient les petits buissons ? On ne les voit plus. Ça veut dire qu'ils sont sous la neige. C'est trop profond pour que tu puisses marcher.

Peggy se mit à pleurer de plus belle.

– Pour l'amour du ciel, Peggy... – Martha s'interrompit et reprit d'une voix plus calme : – Ecoute, je vais simplement voir si Alison est chez elle et je reviens tout de suite. Toi, pendant ce temps, tu garderas Dickie. Tu l'as déjà fait plusieurs fois.

De nouveau, le vent tomba et il y eut une accalmie. La fenêtre brisée cessa de vibrer et l'arbre mort cessa d'osciller. Se rappelant la catastrophe qui avait suivi la précédente période de calme, Martha jugea préférable de se hâter.

– Je te paierai comme une baby-sitter. Je te donnerai vingt-cinq *cents,* l'équivalent de ton argent de poche d'une semaine. Tu pourras t'acheter ce que tu voudras.

– Je peux avoir les vingt-cinq *cents* maintenant ?

Martha courut chercher son sac dans la chambre et donna à Peggy une pièce de cinquante *cents.* Puis, de nouveau, elle hésita. Elle avait réussi à convaincre Peggy mais, pour sa part, elle doutait encore. Avait-elle raison ? Il neigeait tellement dru qu'elle y verrait à peine. Que ferait-elle si elle n'arrivait pas à trouver la route ? La plupart des points de repère ayant disparu, elle risquait de ne même pas atteindre le sommet de la côte. Bien des années auparavant, alors qu'elle était en camp de vacances, elle s'était levée en pleine nuit pour aller aux toilettes. Celles-ci n'étaient qu'à quelques mètres de sa hutte ; pourtant, en revenant, elle s'était perdue dans le noir. Elle avait tourné en rond pendant près d'une heure, tâtonnant pour retrouver son chemin... Mais en l'occurence, si elle se perdait, elle mourrait de froid et les enfants se retrouveraient seuls. Comme les enfants dont on avait parlé à la radio.

Quoiqu'elle fût emmitouflée, elle avait froid. « Dans tous les cas », se dit-elle, « il faut que je sorte pour aller chercher du petit-bois au sous-sol. Et les enfants seraient mieux chez Alison. » La maison des Douglas était située dans un endroit dégagé, à l'écart des grands arbres. Et ils avaient probablement allumé un bon feu.

Tout en regardant les flocons tournoyer derrière la vitre, Martha soupesa les différentes solutions – au point d'en avoir la migraine. Pour se donner l'illusion de ne pas perdre un temps précieux, elle poussa le canapé plus près de la tente.

– Fais comme si tu étais dans une cabane au fond des bois avec Dickie, dit-elle à Peggy. Il faut que tu le protèges.

– Je le protègerai ! affirma Peggy en serrant agressivement contre elle le bébé, qui se mit à crier.

– Ne quitte la tente sous aucun prétexte. Nous y dormirons tous les trois si jamais Alison n'est pas chez elle.

– Oh, maman, je t'aime !

– As-tu envie d'aller aux cabinets ?

Peggy secoua négativement la tête. Martha fit chauffer le biberon et le donna au bébé. Puis elle se demanda si elle n'avait rien oublié. Elle alla chercher à la cuisine des pommes et des petits gâteaux qu'elle mit dans la tente, cet abri qui était devenu pour elle un domaine enchanté où rien ne pouvait les atteindre.

– Pourquoi tu fais ça ? demanda Peggy.

– Ça fait partie du jeu. Dickie et toi, vous êtes dans les bois ; ce sont vos provisions. Si jamais vous avez faim.

Elle n'avait plus de temps à perdre. Si la tempête était occupée à dresser un nouveau plan d'attaque, c'était le moment ou jamais d'essayer de gravir la côte. Plus elle attendrait, plus ce serait difficile. Elle sortit des vêtements chauds pour les enfants et les emmitoufla des pieds à la tête. Puis, prenant sa lampe de poche, elle se dirigea vers la porte de derrière et l'ouvrit.

Comme s'ils n'avaient attendu que ce signal, la neige et le vent l'assaillirent et s'engouffrèrent dans la cuisine, semant le froid et le chaos sur leur passage. Martha suffoqua, le souffle coupé. Elle tenta de refermer la porte derrière elle, mais le vent rabattit violemment le panneau contre le mur. Aveuglée, haletante, elle saisit la poignée à deux mains et tira de toutes ses forces. Les éléments déchaînés inversèrent aussitôt leur tactique, et Martha faillit tomber lorsque la porte claqua sans son aide.

A présent, elle se retrouvait seule au milieu d'un

cauchemar tourbillonnant. Avec force cris et hurlements, la tempête se déchaîna sur elle, lui fouettant le visage, s'infiltrant dans son col, lui mordant les doigts, la flagellant, la malmenant. Elle faillit être soulevée du sol lorsqu'elle se mit en marche vers la route en tâtonnant le long du mur de la maison. Dès le premier pas, elle eut les pieds humides et glacés à cause des plaques de neige qui glissaient dans ses bottes. Hoquetant, la tête rentrée au maximum dans les épaules, elle lutta pour avancer. Les flocons l'aveuglaient et l'empêchaient pratiquement de garder les yeux ouverts. Se rendant compte que la lampe ne lui servirait à rien, elle la mit dans sa poche.

Arrivée à l'escalier de la cave, elle fut tentée de descendre chercher le petit bois et de regagner aussitôt la maison. Mais elle résista à cette envie. Maintenant qu'elle avait commencé, autant aller jusqu'au bout et essayer d'arriver chez Alison. Si jamais l'arbre tombait, les enfants – à supposer qu'ils ne soient pas tués sur le coup – mourraient de froid dans la maison éventrée et livrée à la tempête.

Dos au vent, Martha s'efforça de gravir la côte à reculons. Chaque pas était un véritable calvaire : il lui fallait enfoncer les jambes dans la neige, l'une après l'autre, les ressortir péniblement et les enfoncer de nouveau, quelques malheureux centimètres plus haut.

A mi-côte, un poteau télégraphique gisait en travers de la route. Martha s'immobilisa, se rappelant avoir lu des faits divers concernant des gens qui étaient morts électrocutés pendant des tempêtes de neige. Des fils enchevêtrés jonchaient la surface blanche. Elle demeura figée sur place, paralysée, de nouveau assaillie par les différentes options qui s'offraient à elle. Elle devait prendre une décision irrévocable. Laquelle était-elle la bonne ? Laquelle risquait-elle de regretter le restant de sa vie ?

Mais déjà, elle contournait les fils avec précaution, tout en sachant bien qu'il était impossible de prévoir où certains d'entre eux pouvaient être enfouis. Ce qui la persuada d'aller de l'avant, ce fut la force du blizzard qui la poussait en sens contraire, engourdissant ses membres, insinuant des doigts glacés à l'intérieur de ses vêtements. Elle avait la conviction irraisonnée que, si le vent se donnait autant de mal pour l'empêcher de continuer, c'était la preuve qu'elle devait avancer.

Brusquement, une forme indistincte apparut devant elle. Entièrement accaparée par la bataille qu'elle avait livrée pied à pied contre le vent, Martha ne reconnut pas tout de suite la maison d'Alison. Et lorsqu'elle la reconnut, cela ne lui procura ni joie ni soulagement.

La maison était plongée dans l'obscurité. On ne distinguait même pas la lueur tremblotante d'une bougie. Aucune fumée ne sortait de la cheminée. Ce n'était qu'une coquille vide, noire et déserte.

Martha resta où elle était, découragée, toujours cramponnée à l'un des hauts arbustes qui l'avaient guidée pour gravir la côte. C'était seulement maintenant qu'elle se rendait compte à quel point elle avait espéré trouver un feu réconfortant, des visages accueillants, des gens à qui parler et sur qui s'appuyer.

Elle avait l'impression que cela faisait des années – et non une journée – qu'elle était seule. Et c'était la première fois qu'elle se trouvait seule sans l'avoir elle-même décidé. Le souffle court, elle finit par tourner les talons. Elle était si fatiguée qu'elle avait envie de se nicher dans les bras de la neige et de se laisser bercer en attendant le sommeil. La neige lui semblait maintenant amicale, apaisante. Si elle l'avait jugée effrayante au début, c'était uniquement parce qu'elle l'avait combattue. Mais si elle cessait de lutter, la neige l'accueillerait en son sein et lui prodiguerait des caresses.

Soudain, Martha comprit qu'elle avait intérêt à se hâter. Ce désir de s'allonger dans la neige en pleine tempête était un réaction bien connue. Les prisonniers torturés avaient parfois ce même type de réaction envers leurs bourreaux lorsque ceux-ci interrompaient leurs mauvais traitements. Comme si les tyrans étaient en fait des amis bienveillants qu'on avait haïs sans raison... Martha se mit à courir, en réfléchissant à ce qu'elle ferait en arrivant chez elle. Pour commencer, elle allumerait le feu – avec succès, cette fois – et s'installerait douillettement dans la tente avec les enfants. Puis elle lirait une histoire à Peggy, à la lueur de la bougie, et ils s'endormiraient tous les trois pour oublier tous ces ennuis. Peut-être l'arbre mort aurait-il la bonne idée de tomber du côté opposé à la maison. En tout cas, Martha aurait la satisfaction d'avoir fait tout ce qu'il était humainement possible de faire.

Tout en pressant le pas, elle pensait à Beverly et à Miss King. Cela n'avait rien de réconfortant. Brusquement, elle eût terriblement hâte de retrouver les enfants. Toutes sortes de visions épouvantables défilèrent dans son esprit. Elle n'aurait jamais dû les laisser seuls. C'était incroyable, le temps qu'elle mettait à descendre cette côte ; en été, sans se presser, il ne lui fallait guère que deux minutes pour faire le trajet.

Soudain, elle tomba à genoux, la bouche et le nez obstrués par cette neige blanche, suffocante. Dire qu'elle se l'était imaginée accueillante ! Douce, caressante ! Voilà ce qui arrivait quand on s'abandonnait à elle.

En proie à une panique épouvantable, Martha essaya de se relever mais s'aperçut que ses pieds dérapaient sous elle. Luttant pour s'extraire de cette gangue étouffante et ouatée, elle essaya de crier, mais elle avait atrocement mal à la poitrine. Incapable de réfléchir, elle se contenta de se débattre. Ce n'était pas possible qu'elle attende tranquillement d'être étouffée par la neige. Ce n'était pas possible qu'elle meure comme ces victimes dont on avait parlé à la radio. Ce n'était pas possible que ses enfants meurent de faim.

Il fallait qu'elle dégage son nez et sa bouche, qu'elle sente de nouveau la morsure du vent. Il fallait qu'elle lutte contre la panique. Les mains plaquées au sol, elle poussa lentement, avec précaution, en veillant à ce que ses pieds ne glissent pas. C'était angoissant de se mouvoir avec une telle lenteur, d'autant que le manque d'air lui brûlait la poitrine. Ses doigts rencontrèrent quelque chose qui ressemblait à un buisson ; elle s'y cramponna et tira de toutes ses forces. D'un seul coup, sa bouche se trouva dégagée de la blancheur cotonneuse. Hoquetant et sanglotant, elle reprit sa respiration, aspirant goulûment le vent bienvenu. Elle se mit debout avec précaution, sans essayer de marcher, se contentant de respirer. Elle agrippa solidement les hauts arbustes et entreprit de mettre un pied devant l'autre. Elle marchait en biais, comme une vieille femme descendant un escalier. Car si jamais elle perdait pied, elle risquait de glisser jusqu'au bas de la pente, déclenchant une avalanche qui l'ensevelirait. Elle scruta le blizzard en direction de la maison, mais elle y voyait à peine à deux ou trois mètres.

Finalement, en suivant ses empreintes de pas, elle arriva au bas de la côte. Les muscles endoloris, elle se fraya péniblement un chemin vers la cave, en résistant à la tentation – pourtant forte – d'entrer directement dans la maison pour s'assurer que les enfants étaient indemnes. Si elle n'allait pas chercher le petit bois maintenant, elle n'aurait probablement pas le courage de ressortir.

« En tous cas », se dit-elle, « ça me fera une bonne histoire à raconter dans les dîners en ville. Elle me servira jusqu'à la fin de mes jours. »

Au sous-sol, elle remplit la corbeille à linge de tous les combustibles qu'elle put trouver. Après quoi, essoufflée, elle sortit en titubant. Elle posa son panier pour essayer de fermer la porte de la cave, mais c'était impossible car un tas de neige bloquait le seuil. Laissant la porte ouverte, elle grimpa péniblement l'escalier. Puis elle s'arrêta net.

Il y avait quelque chose d'anormal. Des traces de pas dans l'allée et sur les marches du perron.

Ce n'étaient pas ses empreintes. Elle n'était pas sortie par derrière mais par la porte du living-room.

Elle lâcha son panier et essaya de courir. C'était sûrement Dick ! Il avait réussi à passer. Il avait affronté la neige, le vent et la tempête pour venir les rejoindre. Ils avaient dû se croiser sur la route sans se voir à cause de la purée de pois. Martha en pleurait presque de soulagement.

– Dick ! – Elle trébucha et faillit perdre l'équilibre. – Dick !

D'un revers de la main, elle chassa les flocons qui l'aveuglaient. Elle s'efforçait de réprimer le doute angoissant qui l'étreignait. Elle s'efforçait d'oublier le fait qu'elle n'avait pas vu d'empreintes dans la neige, au-dessus de la maison des Douglas.

Elle escalada tant bien que mal les marches du perron et ouvrit fébrilement la porte.

Personne ne répondit à son cri.

Assis sous la tente, au milieu du living-room, Dickie jouait avec des cartes. Peggy n'était pas avec lui.

CHAPITRE XVIII

Immobile dans la pièce glaciale, Martha écouta le hurlement du vent à l'extérieur. Malgré l'écran des oreillers, des tentacules de brume pénétraient par la fenêtre cassée. Le froid sépulcral de la pièce évoquait une maison abandonnée. En cet instant, Martha ne pensa plus à l'effet qu'elle produirait lorsqu'elle raconterait son aventure. D'ailleurs, par la suite, elle ne devait la raconter en détail qu'à deux personnes : Dick et un autre homme.

Dehors, il y eut un mugissement semblable à un cri de bête blessée, suivi d'un grand craquement et d'un bruit de chute. Le bébé leva la tête et se mit à pleurer.

L'arbre mort avait fini par céder. Ses racines, d'un noir qui tranchait brutalement sur le fond blanc, se dressaient vers le ciel avec obscénité. En définitive, il n'était pas tombé sur la maison : le tronc et les branches gisaient au loin, du côté du bois.

Martha se précipita dans les pièces désertes, les fouillant l'une après l'autre avec frénésie. Elle avait les doigts et les orteils gelés, mais elle courait dans tous les sens, comme pour retarder le moment où il lui faudrait commencer à réfléchir. Elle ne cessait d'appeler Peggy, la suppliant de ne pas se cacher.

De retour dans le living-room, elle se dirigea vers la porte, hésita, regarda le bébé, fit mine de revenir sur ses pas. Finalement, elle changea d'avis et sortit dans la tourmente. S'abritant les yeux avec la main, elle se fraya péniblement un chemin vers la route. Chaque mouvement lui coûtait un terrible effort, mais c'était facile de suivre les traces menant à l'autre maison. Elle essaya de courir mais dut y renoncer. Le vent la cernait en hurlant, lui coupant le souffle. Arrivée sur le perron, elle martela furieusement la porte avec ses poings.

– Beverly ! hurla-t-elle. Beverly, ouvrez-moi !

La bourrasque captura sa voix et l'emporta. En désespoir de cause, Martha tira sur la poignée de la porte verrouillée. Au bout d'un moment, elle cessa de cogner et demeura immobile, les joues mouillées de larmes dont elle n'avait pas conscience. Le froid la mordillait, cherchait à l'aspirer. Inquiète à la fois pour Peggy et pour le bébé, elle se tourna pour essayer de distinguer la maison d'où elle venait ; mais elle ne voyait même pas la première marche du perron sur lequel elle se trouvait. Elle s'adossa à la porte en sanglotant, les yeux levés au ciel comme pour implorer de l'aide.

– Je n'ai qu'à prendre Dickie et aller à pied chercher la police, dit-elle à haute voix.

Evidemment, cela n'avait aucun sens. D'abord, elle n'y arriverait jamais ; et de toute façon, le temps qu'elle revienne, il serait sans doute trop tard pour sauver Peggy.

Cette pensée la galvanisa. Remarquant la voiture garée sur le côté, elle se dit qu'il y avait forcément quelqu'un dans la maison. De toutes ses forces, elle donna un coup de poing dans le carreau de la fenêtre qui se trouvait près de la porte. Le bruit de la vitre qui volait en éclats la réconforta. Au moins, elle faisait quelque chose au lieu de se morfondre. Elle frappa encore, plusieurs fois. Puis elle agrippa l'appui de la fenêtre, sans se soucier des débris de verre qui lui entaillaient la peau à travers ses moufles.

Elle enjamba le rebord et s'immobilisa, l'oreille aux aguets. Elle avait pensé que le problème se résoudrait de lui-même une fois qu'elle serait dans la place, mais rien ne s'était produit. Elle n'était pas plus avancée qu'avant. Elle avait oublié sa lampe de poche, or la pièce n'était éclairée que par la lueur du feu qui brûlait dans la cheminée. Loin d'être accueillante, la chaleur ambiante était insidieuse ; en effet, elle prouvait qu'il y avait – ou qu'il y avait eu récemment – quelqu'un sur les lieux. Martha se trouvait dans une maison inconnue, avec une femme qui était sans doute folle. Beverly n'était peut-être même pas dans les parages. Peut-être même était-elle morte.

– Beverly ! cria Martha.

Elle voulait clairement faire savoir qu'elle était là, afin d'en finir avec cette incertitude angoissante. Si quelqu'un devait lui sauter dessus par surprise, elle préférait que ce soit tout de suite. Elle s'approcha de la cheminée et s'empara du tisonnier, qu'elle agita devant elle comme si c'était une canne d'aveugle.

– Peggy ! Tu es là, Peggy ?

Pas de réponse. Si Peggy l'entendait, elle répondrait. Si Peggy pouvait encore l'entendre...

Martha fit le tour des pièces, en faisant tournoyer le tisonnier pour prévenir toute attaque. Quelqu'un pouvait être caché derrière une porte, sous le lit, dans la cuisine. Elle fouilla la cuisine à tâtons, pointant son tisonnier dans les coins. Elle examina ensuite la salle de bains, toujours sans succès. Finalement, elle entra dans la dernière pièce – la chambre à coucher – en rabattant violemment la porte contre le mur pour s'assurer que personne n'était tapi derrière. Elle s'immobilisa, l'oreille tendue. Il y avait forcément quelqu'un dans la chambre. Elle entra, sans cesser de brandir son tisonnier, mais rien de se produisit. Oubliant alors toute prudence, elle ouvrit les portes à la volée, regarda sous le lit...

Elle n'était plus engourdie, à présent. Elle avait des fourmillements dans tout le corps, comme si on la piquait avec une multitude d'aiguilles. D'un pas incertain, elle regagna le living-room et contempla le feu dans la cheminée.

– Je n'en peux plus, murmura-t-elle. Je n'en peux plus. Peggy, Peggy, où es-tu ?

Elle ne vivrait plus tant qu'elle ne saurait pas où était sa fille. Et si Peggy était à la maison ? Si elle s'était vraiment cachée ? Si tout cela n'était qu'une blague ? C'était la seule explication possible. Beverly était allée voir si Peggy n'avait besoin de rien et elles avaient décidé toutes les deux de jouer un bon tour à Martha.

Elle se dirigea ves la porte d'entrée mais ne put trouver la clef. Elle déverrouilla alors la porte de côté et sortit dans la neige en trébuchant. Elle descendit les marches en dérapant et se traîna vers la route. Puis, de nouveau, elle essaya de courir, galvanisée par une pensée angoissante : et si Miss King était sortie par l'autre porte avec Peggy pendant que Martha entrait par la fenêtre ? Miss King s'était peut-être même arrêtée en chemin pour enlever également le bébé. Incapable de raisonner, Martha en oublia que la porte de côté avait été verrouillée de l'intérieur.

Arrivée à la route, pantelante, elle s'arrêta et leva la tête. Couvrant momentanément la voix perçante de la tempête, il lui avait semblé entendre un autre bruit.

CHAPITRE XIX

Après le départ de sa mère, Peggy regarda tomber la neige. Puis elle sortit de la tente – malgré les ordres – pour se poster devant la fenêtre, le nez collé contre la vitre. Ce déluge de gros flocons blancs la fascinait. Lorsqu'elle en eut assez du spectacle, elle retourna sous la tente.

– A ton avis, Susan, est-ce que nous nous occupons assez des enfants ? demanda-t-elle à

Dickie. Tu as enfin un papa. On va dire qu'on est mariés, d'accord ? Il nous faut une baby-sitter pour le bébé.

Dickie lui donna une tape dans l'œil, fit un grand sourire et s'éloigna à quatre pattes pour inspecter le coffre à bois.

Peggy lui rendit sa tape et se retourna d'un air coupable pour s'assurer que Martha n'était pas rentrée et n'avait pas surpris son geste. Sur le moment, Dickie n'eut pas de réaction ; puis, au bout de dix secondes, ses yeux se plissèrent, sa petite bouche s'élargit, son visage vira au cramoisi et il poussa un cri perçant.

– C'est toi qui as commencé ! lui lança Peggy.

Insensible à la logique de cet argument, Dickie hurla de plus belle.

– Chut, mon poussin, murmura craintivement Peggy en lui mettant une main sur la bouche.

Elle se sentait de nouveau nerveuse. Elle avait hâte que sa mère revienne.

– J'ai une idée ! On va dire que j'écris une lettre au patron du fantôme, d'accord ? Je connais la langue. Il veut m'épouser parce qu'il me trouve jolie.

De nouveau, elle se tourna pour voir si Martha était rentrée. Quelqu'un regardait à travers le panneau en verre dépoli de la porte, mais ce n'était pas Martha. La vitre était recouverte d'une telle couche de neige que Peggy ne put reconnaître la personne. On aurait dit le reflet d'un visage dans un miroir déformant. Une main tapota la vitre et une voix appela : « Peggy ! »

La fillette courut ouvrir.

– C'est lui qui m'a tapée le premier, dit-elle.

Miss King ferma la porte derrière elle et secoua la neige de son manteau. Elle respirait bruyamment. Elle avait les cheveux et les épaules couverts de neige et son maquillage était strié de traînées humides.

– Vous ressemblez au Père Noël, dit Peggy.

– Je sortais chercher du bois quand j'ai vu ta mère remonter la route. Où est-elle allée ?

Peggy regarda la neige qui gouttait sur le tapis, puis elle considéra Miss King d'un air inquisiteur. Elle se demandait si Miss King l'avait dénoncée la fois où elle avait failli laisser Dickie tout seul.

Elle décida de prendre l'offensive :

– Il faut enlever ses bottes quand on est à la maison.

– Vi ! opina Dickie, installé dans le coffre à bois.

Miss King le regarda comme si elle le voyait pour la première fois. Le bébé lui sourit à travers ses larmes et lui fit un petit signe de la main. Puis il porta à sa bouche un bout de bois, qu'il mordilla avant de le lancer sur la visiteuse.

S'avançant dans la pièce, Miss King laissa errer son regard sur la fenêtre brisée, sur l'âtre où ne brûlait aucun feu, sur la tente aménagée au milieu du living-room. Peggy elle-même remarqua qu'elle paraissait nerveuse, excitée. Elle faisait de grands gestes et n'arrêtait pas de se retourner pour surveiller la porte.

– J'ai essayé de t'appeler, dit-elle, mais le

téléphone est en dérangement. J'ai pensé que tu ne voudrais pas rester seule après le départ de ta mère.

Elle s'approcha de la fenêtre et colla son visage contre la vitre, les mains autour des yeux, pour scruter l'extérieur.

– Viens chez moi, reprit-elle. Il fait bon dans ma maison. En plus, j'ai des tas de jouets et des bonbons.

– Apportez-les ici. J'ai une pièce de cinquante *cents*. Vous voulez la voir ?

– Je pourrais à la rigueur apporter les bonbons, mais pas les jouets. J'en ai des douzaines.

– Vous pourrez nous porter tous les deux, Dickie et moi ? Maman dit que je suis lourde.

– Je t'emmène d'abord ; je reviendrai ensuite chercher le bébé. Dépêche-toi.

– Je ne peux pas sortir. Maman m'a dit de rester ici.

– Ta mère m'a demandé de te mettre au chaud. Viens, dépêche-toi.

Elle prit Peggy par la main et l'aida à enfiler ses bottes. Habituée à obéir aux adultes, Peggy se laissa faire. Elle ne put s'empêcher de glousser lorsque Miss King, non sans mal, la prit dans ses bras. Haletante, la femme ouvrit la porte, la referma d'un coup de pied et essaya de descendre les marches du perron, mais elle dut y renoncer. Elle posa Peggy par terre. Aussitôt, la fillette s'enfonça dans l'épaisse couche de neige.

– Je ne peux pas marcher ! s'écria Peggy. C'est trop profond. Il faut que vous me portiez.

Miss King la souleva de nouveau dans ses bras et avança péniblement, le souffle court, traînant la fillette plus qu'elle ne la portait. Peggy enfouit son visage dans le manteau de la femme ; elle n'avait jamais vu un vent aussi mordant et aussi fort. Elle se boucha craintivement les oreilles pour ne pas entendre le rugissement de la tempête déchaînée. Elle avait l'impression d'approcher d'un gigantesque torrent qui allait s'abattre sur elles et les emporter. D'un instant à l'autre, elles allaient être englouties.

Mais brusquement, le vent se tut et Peggy se retrouva dans une douillette obscurité. Elle entendit Miss King fermer une porte à clef. Regardant autour d'elle, elle ne put distinguer que le feu qui crépitait dans la cheminée.

– Vous n'avez pas de bougies ? demanda-t-elle. Quand vous irez chercher Dickie, enveloppez-le dans des couvertures pour qu'il ne prenne pas froid. Où est maman ?

– Elle ne va pas tarder ; elle est allée emprunter des bougies. Pour le moment, je voudrais te montrer les jouets.

Sans même enlever à Peggy son manteau et ses bottes, elle l'entraîna vers l'arrière de la maison et descendit les deux marches donnant accès à la chambre. Pour autant que Peggy pût en juger dans le noir, elle eut l'impression que Miss King traînait une chaise au milieu de la pièce, grimpait dessus et tripotait le plafond. Finalement, une partie du plafond s'abaissa.

– Viens, Peggy, lui dit Miss King. Les jouets sont au grenier. Je vais t'aider à monter.

Peggy essaya d'y voir quelque chose, mais les ténèbres étaient impénétrables.

– Qu'est-ce qu'il y a là-haut ? Il fait trop noir.

La voix de Miss King se fit légèrement cassante :

– Viens, dépêche-toi. C'est une chouette petite pièce remplie de jouets. Ça te plairait, avoue, de venir jouer à cache-cache ici avec tes amis ? C'est une bonne cachette.

– Je ne l'aime pas.

– Tu pourras montrer cet endroit à tes amis. Vous pourrez y jouer ensemble. Viens, aide-moi à descendre les jouets.

A contrecœur, Peggy grimpa sur la chaise et tendit les bras pour que Miss King la hisse sur l'échelle qui pendait du plafond. Une fois en haut, elle entendit Miss King remonter l'échelle.

– Je n'aime pas cet endroit, dit-elle. Je veux descendre.

La trappe se remit en place et Peggy eut l'impression d'être devenue aveugle tellement il faisait noir. Elle se mit à frissonner. La chaleur du feu ne parvenait pas jusqu'au grenier.

– Je veux descendre. Je n'aime pas cet endroit. J'ai peur.

Près d'elle, une voix douce murmura :

– Quand ta mère arrivera, ne fais pas de bruit. C'est un jeu : il ne faut pas qu'elle nous trouve.

Peggy fut profondément troublée par cette voix. Etait-ce la voix de Miss King ? Forcément, puisqu'il n'y avait personne d'autre dans la pièce. A moins que... Miss Urey était-elle là, elle aussi ?

– Miss Urey, vous êtes là ?

– Tais-toi.

Peggy se rappela alors de vagues allusions, des bribes de conversations entre sa mère et sa grand-mère, des recommandations que sa grand-mère lui avait faites et qu'elle avait mal comprises. Qu'est-ce que ça voulait dire ? Qu'allait-il lui arriver ?

Près d'elle, la douce voix reprit :

– Que dirais-tu de vivre avec moi ? Que dirais-tu d'être ma petite fille ?

Peggy n'écoutait pas les paroles ; toute son attention était accaparée par la voix. Elle ne savait plus très bien à qui appartenait cette voix haletante, saccadée. Elle avait mal à la poitrine et ne se sentait pas capable de supporter davantage cette affolante obscurité. Il fallait qu'elle échappe à ces ténèbres qui l'emprisonnaient.

Soudain, d'en bas lui parvint la voix qu'elle souhaitait entendre plus que tout au monde. La voix de sa mère. Au comble du soulagement, elle voulut se mettre debout pour répondre. Elle entendait sa mère appeler : « Beverly ! Peggy ! Peggy, tu es là ? »

A l'instant où elle allait répondre, une main rêche et parfumée se plaqua sur sa bouche et sur son nez, tandis qu'un bras la serrait à l'étouffer. Terrorisée, elle se débattit désespérément, luttant bec et ongles comme un oiseau captif. Elle avait l'impression que son cœur allait éclater : il battait si fort qu'il semblait faire encore plus de bruit que la tempête.

Elle n'entendait plus sa mère l'appeler et elle était paniquée à l'idée que sa mère s'en aille en l'abandonnant à son sort. Ah, si seulement elle avait été sage ! Mais elle avait été méchante. Et voilà ce qui arrivait aux méchantes petites filles. Elle qui avait promis de s'occuper de Dickie, elle lui avait donné une gifle – au lieu d'être gentille avec lui – et elle était partie en le laissant tout seul. Maintenant, le bon Dieu la punissait. Elle allait devoir rester dans ce trou noir avec cette horrible dame. Elle ne reverrait jamais sa mère, son père et Dickie...

Sa mère était partie. Plus personne n'appelait. On l'avait abandonnée. D'un coup de pied désespéré, affolé, elle se libéra de l'étreinte qui l'emprisonnait et se mit à hurler.

– Maman ! Maman ! Attends, maman, ne me laisse pas ! Je suis là, maman ! Ne me laisse pas !

Dans sa terreur, elle criait avec une telle violence qu'elle était persuadée que sa gorge allait se déchirer. Elle fondit en larmes, en se frottant rageusement les yeux pour y voir.

– Maman, attends ! sanglota-t-elle. Ne me laisse pas !

– Cesse de pleurer, gronda une voix.

– Je ne peux pas, gémit-elle. J'essaie, mais je ne peux pas.

– Cesse de pleurnicher, petite peste.

– Je n'y arrive pas. Je ne peux pas me retenir, hoqueta la fillette d'une voix entrecoupée de sanglots hideux. Maman maman, maman... S'il vous plaît, laissez-moi m'en aller. Je serai gentille.

Criant de plus belle, elle essaya de se mettre à genoux, de reculer.

– *Non* ! Non, non, non... Je serai sage. Ne me faites pas ce que vous avez fait à l'autre petite fille. Ne mettez pas un foulard autour de mon cou... Je serai gentille.

CHAPITRE XX

Gil eut une instinctive réaction d'appréhension lorsque son beau-père lui annonça qu'elle avait un appel interurbain. Sourcils froncés, elle mit dans les bras de sa belle-mère le bébé qu'elle avait sur les genoux.

– Pour moi ? dit-elle. Serait-ce ma mère ?... Allo ? Qui ? Qui ça ? Dick ! Seigneur, Dick, que se passe-t-il ?

– Dick ? répéta Ed. J'espère que la maison n'a pas été endommagée ?

– Chut, lui souffla Gil. Que disiez-vous, Dick ?

– Gil, je suis dans le nord de l'Etat. J'ai été obligé de faire ce voyage à cause du fameux contrat dont je vous ai parlé.

– Mais alors... Martha est seule ?

– Quel gâchis, quand j'y pense ! J'ai essayé de la joindre ce matin, mais elle n'était pas là. J'ai alors appelé chez vous, sans plus de succès. Le temps que je me décide à appeler Alison, la ligne était coupée. A tout hasard, j'ai tenté ma chance chez vos beaux-parents. Je n'ai pas pu différer ce satané voyage et je ne pensais pas que la tempête serait aussi violente...

Gil, qui n'avait pas l'esprit très rapide, s'interrogeait encore sur l'objet de ce coup de fil.

– Oui ? dit-elle.

– J'ai écouté ces foutus bulletins météo, Gil, et... la situation m'a l'air catastrophique. Je ne sais pas comment dire... Je ne peux même pas rentrer en train. Et naturellement, tous les vols ont été annulés... Je me fais un sang d'encre. Il n'y a plus de bois à la maison et je n'arrive à joindre personne en ville... J'imagine que toutes les communications sont coupées...

Sa voix s'effilocha, telle un câble tendu à se rompre.

Gil comprit ce qu'elle avait à faire.

– Nous partons immédiatement, Dick, dit-elle d'un ton soudain décidé. Nous rentrons à la maison.

Il y eut un silence à l'autre bout du fil. Sur le moment, Gil crut que la ligne était morte. Enfin, elle entendit la voix lasse de Dick :

– Merci, Gil.

– Ne vous en faites pas. Nous serons là.

Lorsqu'elle eut raccroché, Ed demanda d'un ton incrédule, en détachant ses mots :

– Qu'as... tu... dit ?

– Habille-toi, déclara Gil avec calme. Nous rentrons.

Ed et ses parents se mirent à parler tous les trois en même temps. Ce fut un concert de protestations, d'objurgations, de menaces et de supplications. Imperturbable, Gil chaussa ses bottes en expliquant à sa belle-mère comment s'occuper des garçons jusqu'à son retour.

– Gil, ce n'est pas raisonnable, lui dit sa belle-mère. Vous n'y arriverez jamais. Vous resterez coincés sur la route.

– Et à supposer que vous y arriviez, que pourrez-vous faire ? renchérit le père d'Ed. J'ignore qui vous a appelé, mais ce n'est pas très délicat de sa part de vous demander de sortir par un temps pareil.

– Si Dick était tellement inquiet, pourquoi diable n'est-il pas resté chez lui ? maugréa Ed. Pourquoi le grand ponte s'est-il cru obligé de partir en voyage ?

Tout en parlant, Ed enfilait son pull-over et cherchait ses bottes.

– Il n'avait pas prévu que la tempête serait aussi violente, dit Gil. Et il devait s'occuper de ce contrat terriblement important, tu sais : des générateurs ou je ne sais quoi. De toute façon, quand il se produit un événement imprévisible, on ne peut jamais savoir quelle est la bonne façon de réagir.

– Même si nous arrivons à rentrer, dit Ed en endossant son pardessus, nous ne pourrons strictement rien faire. A part geler avec Martha.

– Tout ce que je sais, c'est que Martha est seule,

sans téléphone, et que si j'étais à sa place je serais complètement paniquée.

Gil griffonna rapidement quelques instructions concernant le bébé, remplit un thermos de café et embrassa ses beaux-parents.

– Ça ne te panique pas, la perspective de mourir gelée dans la voiture ? s'enquit Ed. Je ne te comprends vraiment pas. D'habitude, tu as peur de tout et tu es incapable de prendre une décision ; or, pour une fois qu'il y a réellement de quoi avoir peur, voilà que tu te décides sans aucun problème !

– Ed, supposons que les rôles soient inversés. A ton avis, que ferait Martha, dans une situation analogue, si tu lui téléphonais pour lui demander d'aller me chercher ?

– Elle irait, cette imbécile ! dit Ed. Ne serait-ce que pour pouvoir en parler ensuite. Bon, dépêchons-nous. Puisqu'on y va, autant en finir le plus vite possible.

Pendant que Mrs Nugent continuait de protester et que Mr Nugent proposait d'accompagner son fils pour permettre à Gil de rester, Gil enfila des moufles et noua autour de sa tête une écharpe en laine. Puis, avec un salut de la main, elle entraîna Ed vers la porte.

Une violente rafale de vent assaillit Ed, lui faisant rentrer dans la gorge les commentaires qu'il s'apprêtait à faire. A l'intérieur de la maison bien chauffée, ils n'avaient pas eu vraiment conscience de la fureur du blizzard. Ed descendit au sous-sol chercher une pelle, avec laquelle il dégagea la neige qui bloquait l'entrée du garage. A force de tirer, ahanant, il parvint finalement à ouvrir les lourdes portes. Il vérifia le niveau d'essence, remplit le réservoir à l'aide d'un jerrycan et entreprit de mettre les chaînes. Ceci fait, il mit le contact et laissa chauffer le moteur.

Au-delà de la maison, rien ne bougeait à part un énorme chasse-neige qui s'attaquait à l'impossible tâche consistant à déblayer les rues. Gil le regarda avancer en rampant, semblable à un monstrueux insecte. Lorsqu'il disparut, la rue fut de nouveau blanche et déserte, comme s'il n'était jamais passé par là. « Comme les flots qui engloutissent un têtard sans laisser aucune trace de son passage », pensa Gil. « Comme le temps qui m'engloutira à l'heure de ma mort... » Elle décida de se rappeler cette comparaison pour en faire part à Alison, qui ne l'avait jamais jugée d'une intelligence remarquable.

Ils sortirent finalement du garage. Les roues tournaient mollement car les pneus encrassés n'accrochaient pas, et les essuie-glaces effectuaient un travail presque vain car la neige omniprésente recouvrait aussitôt le pare-brise. Les yeux plissés pour essayer de percer le rideau de flocons tourbillonnants, Ed avait l'impression de revivre le trajet qu'il avait fait dans le brouillard, le jour de l'arrivée des nouvelles voisines. Il lui semblait que, depuis ce jour-là, quelque chose s'était déréglé. Il considérait même que, d'une manière ou d'une autre, ce brusque déchaînement de la nature était dû au fait que deux inconnues s'étaient installées dans la maison vide, sur leur colline.

La neige les enveloppait avec une telle violence qu'elle menaçait de les ensevelir s'ils s'arrêtaient un seul instant. Ils devaient avancer, toujours avancer. Par moments, ils passaient devant une maison où luisait une faible lueur, ce qui ne faisait que renforcer leur propre isolement.

– Ça ne va pas être une partie de plaisir, dit Ed. Il faudra sans doute que je conduise la portière ouverte pour repérer le bord de la route.

Raidie sur son siège, Gil scrutait le pare-brise comme si cela pouvait aider son mari à y voir. C'était aussi une façon de lui manifester son soutien moral. Si elle lui montrait qu'elle essayait de se rendre utile, ça le dissuaderait peut-être de rouspéter.

Sans grande conviction, il reprit :

– Je voudrais bien que tu ne te croies pas obligée de veiller sur le monde entier. – En fait il avait envie de parler – Je te parie que Martha ne sera même pas chez elle. Ça ne m'étonnerait pas qu'elle soit installée en ville, chez des amis.

– Tu connais Martha, mon chéri. Ce n'est pas une femme nerveuse. Elle sera chez elle.

– Si ce n'est pas une femme nerveuse, pourquoi faut-il que nous allions lui tenir compagnie ?

– Elle n'a plus de bois. Il faudra que nous les emmenions à la maison, elle et les enfants.

– C'est bien pour les gosses que je fais ça.

Gil eut un petit sourire et lui lança un regard en coin. Puis elle se serra contre lui. Se penchant rapidement, Ed l'embrassa sur la joue.

A une allure d'escargot, la voiture s'engagea dans ce qui était habituellement le quartier le plus animé de la ville. Là où, d'ordinaire, il y avait des embouteillages monstres, tout était désert. De chaque côté de la rue étaient garés des monticules qui devaient être des voitures, mais aucun d'eux ne bougeait. On ne voyait pas un seul piéton. Les bureaux, les restaurants et les cinémas n'étaient pas éclairés. Seule brillait, ça et là, une lueur tremblotante à la fenêtre d'un immeuble.

Une fois sur l'autoroute, ils n'eurent pas d'autre lumière que celle de leurs phares. De temps à autre, ils dépassaient une voiture immobilisée au milieu du néant ; Gil se retournait, le visage crispé, se demandant s'il n'y avait pas à l'intérieur du véhicule des passagers qui risquaient de mourir gelés. Pour se rassurer, elle se répétait que, par un temps pareil, des voitures de police patrouillaient sur les routes. Mais ils ne rencontrèrent pas le moindre signe de vie pendant qu'ils continuaient à rouler vers le nord. En un laps de temps incroyablement court, la campagne était devenue un vaste décor blanc, immuable, sans ligne d'horizon distincte. Ils se trouvaient dans un univers incolore, inanimé, où les points de repère – humains ou animaux – n'existaient plus.

Ed avait mal aux yeux à force de scruter le blizzard. Gil lui proposa de prendre le volant, mais il refusa. A intervalles réguliers, elle baissait sa vitre pour surveiller le bas-côté et s'assurer qu'ils étaient bien sur la route. Même les poteaux indicateurs étaient recouverts d'une épaisse croûte de neige.

Ils mirent quatre fois plus de temps qu'à l'aller pour faire le trajet. Quand ils arrivèrent enfin en ville, ils étaient épuisés. Ils ne virent personne dans les rues, pas la moindre lumière. Gil eut l'impression de revenir après cinquante ans d'absence et de retrouver une ville fantôme, un village bombardé où toute vie avait été anéantie dans le lointain passé. Même les chiens et les chats avaient été exterminés. Elle fut remplie d'effroi à la pensée que, s'ils pénétraient dans l'une de ces maisons enfouies sous la neige, ils ne trouveraient peut-être que des cadavres gelés, abandonnés depuis des siècles. Soudain, elle éprouva l'ardent désir de rencontrer quelqu'un, un être humain capable de rire et de parler, un être vivant qui les ramène dans le monde réel.

– Où sont-ils tous ? dit-elle à haute voix.

– Mets-toi derrière et prie, dit Ed.

Les membres raidis, Gil rampa par-dessus son siège afin d'ajouter son poids à celui des blocs de ciment qu'Ed gardait pendant tout l'hiver dans le coffre de sa voiture.

– Maintenant, dit Ed, si un abruti ne bloque pas la côte, nous arriverons peut-être à grimper.

Gil agrippa la poignée de cuir et attendit la suite avec angoisse. La voiture s'engagea dans la montée à une allure mesurée mais régulière. Tantôt Gil fermait les yeux, tantôt elle essayait d'y voir à travers la vitre ; elle écoutait le ronronnement du moteur, guettant le moment où les roues commenceraient à patiner. Ils avancèrent ainsi, lentement ; ils perdaient de la vitesse, mais Ed continua d'appuyer sur l'accélérateur. A un moment donné, les roues se mirent à tourner follement, mais les pneus accrochèrent de nouveau et la voiture reprit son ascension. A l'approche du sommet, là ou la côte était la plus raide, les roues recommencèrent à patiner furieusement. Ed relâcha sa pression sur l'accélérateur, appuya de nouveau, leva le pied, appuya. En vain. Cette fois, la voiture était bel et bien bloquée.

– Rien de tel qu'un peu d'exercice, dit-il.

Il serra le frein à main, mit en prise et aida Gil à descendre de voiture.

Dès qu'ils sortirent de leur véhicule chauffé, le vent leur laboura le visage à la manière des pales d'une hélice. Ils rentrèrent la tête dans les épaules, essayant de retenir leur souffle.

– J'aurais dû te laisser et venir seul ! cria Ed pour couvrir le vacarme de la tempête.

– Quoi ?

– J'aurais dû venir seul, pour que les enfants aient au moins encore leur mère !

Plaquant sur sa bouche le col de son manteau, Gil mit sa main dans celle d'Ed. Le vent annihilait ses cinq sens – sauf le toucher, qui prenait une acuité particulière. Elle sentait la cuisante morsure du froid, mais elle avait perdu l'ouïe, la vue, le goût et l'odorat. « Ceux qui prétendent qu'il est facile de s'allonger dans la neige pour se laisser mourir n'ont jamais eu froid », se dit-elle. « Ça fait atrocement mal. » Ed marchait devant pour la protéger du vent. Elle se demanda comment il faisait pour s'orienter ; si elle avait été seule, elle aurait été complètement perdue.

Soudain, sur la gauche, un énorme chien policier surgit en bondissant. Ed s'arrêta net. Gil poussa un cri. Le chien s'immobilisa sur la butte, juste au-dessus d'eux, et se mit à aboyer furieusement. « Oh non, pas ça ! » gémit intérieurement Gil. « Mourir égorgée, non ! » L'animal semblait indécis, comme s'il hésitait à bondir.

– Gentil toutou ! cria Gil. Gentil toutou !

– Il doit être égaré, dit Ed.

L'animal retroussa les babines et émit un grondement menaçant. Avec précaution, Ed attira Gil derrière lui et entreprit de contourner la butte à petits pas, en veillant à rester hors de portée du chien. Celui-ci continua de grogner, hargneux, en montrant ses crocs.

– Penses-tu qu'il puisse flairer la peur, avec toute cette neige ? dit Gil d'une voix perçante.

Elle se souvint que, peu de temps auparavant, elle aurait donné n'importe quoi pour voir un être vivant. « Ça t'apprendra ! », se dit-elle, sans très bien savoir ce qu'elle entendait par là. Elle regarda autour d'elle mais ne vit rien qui ressemblât à une arme.

Ils avançaient prudemment, sans quitter des yeux l'animal. Lorsqu'ils l'eurent dépassé, ils marchèrent à reculons. Le chien continua à aboyer comme un fou, mais il ne les suivit pas.

Le visage enfoui dans leur col, ils se dirigèrent vers la maison des Douglas. Maintenant qu'ils abordaient la descente, c'était un peu plus facile. Gil se mit en prières pour que Martha fût chez elle et qu'elle eût effectivement besoin d'aide ; ainsi, au moins, ils n'auraient pas affronté toutes ces épreuves pour rien. Elle imaginait quelle serait la réaction d'Ed s'ils trouvaient la maison vide ou Martha douillettement au lit devant un bon feu de bois.

Arrivés à la hauteur de la maison des Douglas, ils ne décelèrent aucun signe de vie. Pas de lueur tremblotante à la fenêtre, pas de fumée sortant de la cheminée. Ils passèrent leur chemin. Gil se cramponnait au pardessus d'Ed, de peur de se perdre dans le blizzard si elle lâchait prise ne fût-ce qu'un instant. Les yeux fermés, elle suivait Ed le long des massifs d'arbustes qui bordaient les bois.

Soudain, il s'écria :

– Quelqu'un est passé par ici !

Gil ouvrit les yeux. Elle ne comprit pas tout de suite ce qu'il venait de dire. Elle avait l'esprit engourdi, entièrement accaparé par le désir quasi obsessionnel d'échapper au froid et au vent mugissant. Toute son énergie était concentrée sur un seul but : trouver un abri bien chaud.

– Quoi ? hurla-t-elle.

– Regarde par terre.

Gil constata que la surface de la neige était grêlée, criblée de trous. Les traces continuaient à perte de vue.

– Martha a sûrement des ennuis ! cria Ed.

Haletants, ils essayèrent de courir mais dérapèrent, chacun retenant l'autre pour l'empêcher de tomber. Ils furent contraints de ralentir l'allure et de se cramponner de nouveau aux arbustes.

En scrutant l'obscurité, ils finirent par apercevoir la lueur vacillante d'une bougie. A part le chien policier, c'était le premier signe de vie que Gil voyait depuis bien longtemps.

– Elle est chez elle ! s'écria-t-elle avec allégresse.

Oubliant presque le froid et la fatigue, ils avancèrent tant bien que mal. Arrivés au bas de la côte, ils s'arrêtèrent, perplexes : les empreintes se dirigeaient à la fois vers la maison des Earnshaw et vers celle de Miss Urey. Mais ce n'était pas tout... Ils tendirent l'oreille. Sur le moment, ils n'entendirent rien d'autre que le vent. Puis, l'instant d'après, ils entendirent autre chose.

C'est seulement lorsque l'électricité fut coupée qu'Alison reconnut – en son for intérieur – avoir commis une erreur. John lui avait maintes fois recommandé de stocker des bougies et du bois. Mais elle avait été convaincue qu'il n'y aurait pas de tempête. Et quand on avait commencé à diffuser des avis de tempête, elle avait été convaincue que ceux-ci étaient très exagérés. Et quand la tempête s'était levée, elle avait été convaincue que l'électricité ne tomberait pas en panne. Quand, finalement, les lumières clignotèrent et s'éteignirent, elle commença à se demander si elle n'avait pas fait une erreur. C'était un grand pas en avant pour Alison, car le mot *erreur* lui venait rarement à l'esprit quand il s'agissait d'elle-même.

Dans la soudaine obscurité, les bruits de l'extérieur semblèrent devenir plus audibles. Subitement, la nuit retentit d'un hurlement strident, intense, qui tourbillonna en spirale dans toute la maison, semblable à une flamme dévorante. Le vent encercla les fenêtres, cherchant un passage par où entrer ; l'air lui-même se mit à rugir aux oreilles des Douglas comme s'ils étaient propulsés dans l'espace à la vitesse d'une fusée.

– Alison ! appela John. Où as-tu rangé les bougies ?

Posant sur l'égouttoir l'assiette qu'elle venait de laver, Alison s'essuya les mains et tâtonna dans le noir pour rejoindre son mari dans le living-room. Toutes les tâches que John lui avait assignées et qu'elle avait omis d'accomplir se bousculèrent dans son esprit : la fenêtre qu'elle était censée avoir réparée ; la fuite qu'elle était censée avoir colmatée ; sans oublier, naturellement, la réserve de bois et de bougies...

– Une chance que je sois rentré tôt, lui dit John, lorsqu'elle entra dans la pièce. Si j'étais arrivé une demi-heure plus tard, je n'aurais jamais pu grimper la côte.

Alison temporisa :

– Tu vois, nous aurions beaucoup mieux fait de sortir. Je te l'avais bien dit.

– Pour l'amour du ciel, tu ne vas pas remettre

ça ! Où sont les bougies ? Et je t'en prie, ne me dis pas qu'il n'y en a pas.

– Si nous n'avions pas réussi à rentrer, nous aurions pu rester coucher là-bas.

– Alison, nous n'avons vu ces gens que cinq fois en tout et pour tout. Ils auraient eu une attaque si nous avions débarqué chez eux par une soirée pareille. Où sont les bougies ? Dans le bureau ?

Elle décida d'en finir.

– Nous n'avons pas de bougies, dit-elle.

Il y eut un silence. Alison se dirigea vers les fenêtres – en se déplaçant avec précaution pour ne pas se cogner – et tira les rideaux. La pièce s'en trouva encore assombrie, mais Alison espérait que cela contribuerait à retenir la chaleur.

– Nous n'avons pas de bougies ? répéta John.

D'une voix rapide, Alison expliqua :

– Je comptais aller en acheter, mais j'ai eu tellement d'autres choses à faire que ça m'est sorti de la tête. En plus, je n'avais pas la voiture aujourd'hui et ça me gênait de demander à Martha de me conduire en ville. Personne n'est parfait. Tu as bien oublié...

– Alison, ça fait des années que je te dis d'avoir toujours des bougies en réserve... As-tu du bois ?

Elle estima que le moment était venu de mentir.

– J'ai téléphoné à Mr Dobie, mais il m'a dit qu'il ne lui en restait plus. J'ai alors essayé plusieurs autres fournisseurs, mais aucun d'eux n'en avait.

– Il n'y a pas de bois ? dit John avec calme.

– Ecoute, nous n'avons qu'à nous habiller

chaudement et dormir ici, dans le living-room, enveloppés dans des couvertures. Nous y serons mieux. De toute façon, l'électricité va bientôt être rétablie. Mais si tu préfères, je peux aller emprunter à Martha...

– Lui as-tu remboursé la douzaine d'œufs que tu lui as empruntée samedi dernier ? Et le lait que tu lui as emprunté il y a deux semaines ? Et le...

De nouveau, Alison mentit :

– Oui, répondit-elle. Et même si je ne l'avais pas fait, ça n'aurait aucune importance. Martha oublie toujours de rembourser. Je vais mettre mes bottes...

– Laisse tomber ! – A présent, John criait presque. – J'en ai assez que tu te précipites chez Martha chaque fois que tu es à court de quelque chose. Pourquoi es-tu aussi imprévoyante ? Martha, elle, est toujours à la hauteur de la situation.

– En ce moment même, Martha est sans doute en ville chez des amis. Elle ne raterait pas une si bonne occasion de se faire héberger.

« Il faut toujours que ça tombe sur moi », gémit intérieurement Alison. « D'abord cette fichue tempête qui éclate juste le soir où nous sommes invités à dîner. Ensuite, John qui attrape un rhume. Et pour couronner le tout, cette panne de secteur qui risque de transformer la maison en réfrigérateur. Pourquoi faut-il que ça me tombe toujours dessus ? »

Pendant que John continuait à crier, elle monta à l'étage en tâtonnant et redescendit avec des pulls, des blousons et deux vieilles couvertures. Ça la contrariait de mettre du désordre dans le living-room, mais elle sentait que des mesures draconiennes étaient nécessaires pour apaiser la colère de John. Les bras tendus devant elle pour se guider dans l'obscurité, elle alla à la cuisine. Elle mit du café à chauffer, prit dans le placard quelques biscuits qu'elle avait mis de côté et retourna dans le living-room.

– Si nous attrapons une pneumonie cette nuit, lui dit John, ça nous coûtera beaucoup plus cher que quelques bouts de bois. J'ai la gorge en feu... Tiens, je croyais que tu n'avais pas de gâteaux ?

– Je viens de retrouver ceux-là. Et je t'ai dit que j'avais essayé de commander du bois.

Alison commençait à être irritée. Elle en était arrivée à croire sincèrement qu'elle avait téléphoné à tous les fournisseurs.

– D'ailleurs, reprit-elle, tu pourrais bien couper du bois toi-même. Nous avons suffisamment d'arbres, Dieu sait !

– Et qu'allons-nous faire sans bougies ? Sommes-nous censés rester dans le noir jusqu'à demain matin ?

– Je te répète que je suis toute prête à courir chez Martha...

– Des clous !

Il enfila un chandail et s'installa sur le divan avec sa tasse de café. Il avait l'impression que la pièce commençait déjà à se refroidir. Alison se glissa près de lui et s'enroula dans une couverture. Ils burent leur café, écoutant au dehors l'assaut des éléments déchaînés.

Peu à peu, la colère de John se calma. Lorsqu'il eut terminé son café, il attira sa femme contre lui et se prit à imaginer qu'ils avaient remonté le cours du temps jusqu'à l'aube de l'humanité : ils se trouvaient dans les forêts barbares, sans lumière, sans feu, sans abri pour se protéger de la tempête. Ils en étaient réduits à se blottir dans leur caverne, sous leurs peaux de bêtes, en espérant ne pas être découverts par les monstres préhistoriques qui peuplaient la nuit. Des images colorées – sortes de diapositives représentant des modèles qu'il avait vus dans des musées ou dans des ouvrages d'histoire naturelle – défilèrent devant les yeux fermés de John : des hommes aux longs bras et au menton fuyant, armés de massues ; de gigantesques lézards à la tête dressée ; des arbres compliqués montrant l'évolution de l'espèce humaine... Réchauffé par le contact d'Alison, il se mit à somnoler. Le vacarme de la tempête ne fut bientôt plus qu'un simple bruit de fond se mêlant à ses rêves.

Soudain, quelque chose le réveilla en sursaut. Il ouvrit les yeux, se demandant où il était. Alison était assise, le buste raidi, une main levée pour lui faire signe d'écouter.

– J'entends quelque chose, dit-elle.

John écouta. De nouveau, il eut conscience de la tempête qui faisait rage. Il l'entendit s'engouffrer dans la cheminée, griffer le toit, transformer en dangereux projectiles tout ce qui, auparavant, était fixe et stable. Il se demanda combien de temps il avait dormi et quelle épaisseur de neige il y avait maintenant.

– Moi aussi, dit-il. J'entends la tempête.

Alison, qui n'avait aucun humour, bondit sur ses pieds et courut à la fenêtre.

– Je ne te parle pas de ça. Il m'a semblé entendre du bruit dehors.

Le visage collé contre la vitre, elle essaya de distinguer quelque chose mais ne vit que du blanc partout. Elle se précipita à la cuisine, déverrouilla la porte et, sans réfléchir, tourna la poignée. Le panneau se rabattit violemment sur elle, la heurtant à l'épaule et manquant la renverser. Des flocons en rangs serrés se bousculèrent pour entrer, comme s'ils voulaient la piétiner. Le souffle court, Alison poussa la porte de toutes ses forces, refoulant la meute à l'extérieur, dans la tempête. Puis elle s'adossa au chambranle pour reprendre sa respiration.

– John ! J'ai vu quelqu'un se diriger vers la maison de Martha.

John bondit du divan et la rejoignit à la cuisine.

– Tu en es sûre ? Qui ?

– Je n'en sais rien. Je n'ai vu qu'une silhouette sombre... peut-être deux, mais je n'en jurerais pas.

– Il vaut mieux que j'aille voir ce qui se passe.

– Non, j'y vais, dit Alison. Toi, tu es enrhumé.

– Ne sois pas ridicule.

– Ecoute, ce n'est pas la peine que tu attrapes une pneumonie. Moi, tu me connais : je ne suis jamais malade. En plus, je pourrai peut-être emprunter des bougies.

Ecartant son mari, elle prit ses bottes dans le

placard et enfila son vieux manteau. Sans laisser à John le temps de protester, elle s'emmitoufla à la hâte et prit une profonde inspiration. Puis elle ouvrit la porte, en veillant cette fois à la rabattre aussitôt derrière elle.

Tournant le dos au vent, elle attendit de pouvoir à nouveau respirer. La tempête l'agressa avec une violence inouïe, essayant de la soulever du sol. Elle avait le visage froid et humide ; elle le couvrit avec son écharpe et se mit en marche, en levant haut les jambes. Après avoir péniblement parcouru quelques pas, elle fut tentée de rebrousser chemin ; mais la curiosité, sa ténacité naturelle et le désir de se procurer des bougies la poussèrent à continuer. Elle ne pensait pas vraiment que quelqu'un pût avoir besoin de son aide.

Dans la descente, elle aperçut de nouveau, devant elle, les deux silhouettes sombres. Elles avançaient à grand-peine, de l'autre côté de la route, en se cramponnant aux arbustes. Alison essaya de les héler, sans succès ; elle décida alors d'économiser son souffle. Moitié glissant, moitié courant, elle se lança à la poursuite des deux ombres pour tenter de les rattraper. C'est seulement lorsqu'elle arriva en face de chez Martha qu'elle entendit crier.

CHAPITRE XXI

Mon esprit est semblable à la Terre en rotation : une moitié est nuit, l'autre moité est jour. Mon esprit est semblable à la Terre en rotation : une moitié est dans l'ombre, l'autre moitié dans la lumière.

Pourquoi faisait-il tellement sombre ? Quelle heure était-il ? Où était-elle ? Elle avait dû se découvrir pendant son sommeil. La chambre était glaciale. Et le matelas était dur comme du bois. Mais non, elle n'était pas dans son lit ; elle était par terre. Elle sentait le contact rugueux de la petite carpette. Que faisait-elle par terre ? Peut-être était-elle tombée du lit. Elle n'avait jamais eu aussi froid de sa vie.

Elle avait mal partout. Au cou, aux bras et plus particulièrement au dos. Comme si elle avait accompli un travail pénible. Elle avait à peine la force de se lever. Son dos était douloureusement courbatu. Comme si elle avait coupé du bois. C'était d'ailleurs ce qu'elle avait fait. Elle s'en souvenait, à présent : elle était sortie tailler du bois, sans relâche. Qu'est-ce qui l'avait poussée à couper du bois au milieu de la nuit ? Mais peut-être n'était-ce pas le milieu de la nuit ? Quel était ce bruit, dehors ? Des cris, des gémissements horribles. On aurait dit que quelqu'un essayait de démolir la maison. Que se passait-il donc ?

Cesse de pleurer, dit tante Lalia.
Grand-père va-t-il revenir ?
Cesse de pleurer, dit tante Lalia.
Grand-père est parti en voyage, dit J.C.
Cesse de pleurer, dit tante Lalia.

Il fallait qu'elle allume pour regarder l'heure à la pendule. Que c'était douloureux de bouger ! Elle devenait trop vieille pour des exercices aussi fatigants.

L'interrupteur... Il ne marchait pas. Qu'il faisait noir ! Etait-ce un cauchemar ? D'habitude, la lumière marchait. Que s'était-il passé ? Le monde était-il devenu fou ?

Pour commencer, il fallait qu'elle sache ce qui faisait ce vacarme dehors. De gros flocons blancs, poudreux, enveloppaient la maison, bloquaient tout. Il fallait qu'elle en voie davantage. Une faible lueur brillait dans la cheminée, mais ça ne suffisait pas. Il fallait qu'elle aille chercher du bois. Quel goût détestable elle avait dans la bouche ! Et sa tête lui faisait un mal ! Que lui était-il arrivé pour qu'elle se sente dans un état aussi lamentable ? Pourquoi était-elle si mal à l'aise ? Elle avait peur. Il s'était passé quelque chose et elle avait peur de savoir quoi.

Sa petite bouche s'ouvrit. Quand je la sortis du lit pour lui donner le biberon, elle s'endormit la bouche ouverte. Quand on poussait le biberon contre ses lèvres, elle ouvrait des yeux vagues et tétait pendant quelques secondes ; puis elle se rendormait.

Des drôles de cheveux hérissés. Il avait de drôles de cheveux hérissés sur la nuque. Je n'ai rien fait de mal. Pourquoi me l'ont-ils enlevée ? Peut-être parce qu'elle n'a pas terminé son biberon ? C'était mon bébé, ma petite fille. Pourquoi a-t-il fallu qu'ils me l'enlèvent ?

Avant tout autre chose, il fallait qu'elle se lave. Elle savait qu'elle en avait besoin. Mais comment se laver dans l'obscurité ? Elle n'avait pas de bougies. La meilleure chose à faire était d'aller se coucher. Elle s'endormirait et, demain matin, tout irait bien. Elle aurait oublié toute cette histoire. Ce serait comme si rien ne s'était passé.

D'ailleurs, que s'était-il passé exactement ?

De quoi avait-elle peur ?

Il y avait eu du bruit. Beaucoup de bruit. Pas seulement le vacarme de la tempête ; autre chose aussi. Il s'était passé quelque chose d'affreux. Si seulement elle pouvait y voir ! Si elle y voyait, elle saurait ce qui était arrivé. Elle avait entendu quelque chose. Beaucoup de bruit.

Tu es trop grande pour jouer à la poupée, dit Maman.

Toutes les petites filles devraient avoir des poupées, dit Grand-père, ça les prépare à leur rôle de mère.

Il est inutile qu'elle apprenne à être mère, dit Maman.

Cache-toi dès que tu sens que ça arrive, dit

Maman. Cesse de pleurer comme ça. T'ai-je raconté l'histoire du petit garçon qui criait au loup ? Cesse de pleurer comme ça.

Dans les orphelinats, on met les bébés dans des berceaux et on les y laisse jusqu'à ce qu'ils aient l'âge d'aller à l'école. Rien à faire, aucun endroit où aller, personne à qui parler.

Quelqu'un avait crié. C'était ça, le bruit qu'elle avait entendu. Une petite fille qui criait. La petite Peggy. La petite Peggy, avec ses longues nattes brunes et ses gloussements. Mais en l'occurrence, elle n'avait pas gloussé. Elle ne glousserait plus jamais. Elle ne ferait plus jamais rien. Jamais plus elle ne sourirait, ne parlerait, ne réciterait ses leçons....

La petite Peggy. Peggy avait eu beaucoup d'affection pour Beverly. Elle avait eu confiance en Beverly. La petite Peggy. Oh ! mon Dieu, la petite Peggy...

Comme la Terre en rotation, mon esprit est dans l'ombre. Moitié dans l'ombre, moitié au soleil. Je t'achèterai une maison, Laura, dit J.C. Je t'achèterai une maison au sommet d'une colline et nous y vivrons ensemble éternellement.

CHAPITRE XXII

Peggy ouvrit les yeux et, sans bouger, fixa un point dans le vide. Il y avait de l'agitation et du bruit tout autour d'elle, mais rien de distinct. Telle un insecte pour lequel les actes des humains sont – par la force des choses – des phénomènes naturels, elle n'avait pas la faculté de comprendre.

Lorsqu'elle rouvrit les yeux, elle vit la lumière vacillante, alternativement vive et faible. Cette fois, elle comprit que c'était la flamme d'une bougie qui faisait des courbettes et des révérences. Et elle identifia l'un des bruits qui l'environnaient : le hurlement du vent.

L'arbre allait tomber. Il fallait qu'elle se cache. Où était Dickie ? Elle était chargée de le garder et maman lui avait donné cinquante *cents ;* il fallait qu'elle le trouve avant que l'arbre ne l'écrase. Il pleurait parce qu'elle lui avait donné une gifle.

Pourquoi faisait-il noir ? Pourquoi était-elle seule ? Serait-ce toujours ainsi ? Glen disait que, quand on était mort, on restait dans le noir, sous l'herbe. Elle ne voulait pas rester sous l'herbe. On l'avait mise là pendant qu'elle dormait. Miss King l'avait tuée. Elle voulait voir maman.

Peggy se mit à pleurer. Pourquoi n'avait-elle pas écouté Grand-mère ? Grand-mère lui disait toujours de ne pas aller avec les gens méchants, et Miss King était méchante. Elle avait étouffé Peggy, elle l'avait tuée. Peggy ne voulait pas rester sous l'herbe.

Maman serait triste. Maman ne l'entendrait pas, même si elle criait.

– Ne pleure pas, mon poussin. Ne pleure pas.

Des bras encerclaient Peggy et une voix répétait : « Ne pleure pas, ma chérie. Ne pleure pas. » La fillette émit des sanglots étranglés. Elle était nichée dans un pull en laine qui avait l'odeur de maman. Comme les petits sachets parfumés que maman mettait dans tous les tiroirs, à la maison. Maman l'avait trouvée sous l'herbe. Elle aurait dû savoir que maman la retrouverait. Maman avait la figure toute mouillée et salée.

Il y avait autour d'elle un tourbillon de sons et de mouvements. La tente s'était effondrée. Et maintenant, il y avait du feu dans la cheminée. Mais où était Dickie ? Il fallait qu'elle le trouve.

Pourquoi Alison était-elle là ? Et Ed ? Et Gil ? Et John ? Tous ces gens... Ça lui donnait mal à la tête. Elle aurait voulu pouvoir leur dire de ne pas faire tant de bruit, mais elle craignait que maman ne trouve ça mal poli et ne s'en aille.

Elle était vilaine. C'était pour ça que Miss King avait essayé de la tuer. Il ne fallait plus qu'elle soit méchante, sinon Miss King la pousserait dans la cuvette des cabinets, comme Joanie le lui avait expliqué. La semaine dernière, elle avait marché sur les lignes, en classe. On ne devait pas marcher sur les lignes, parce qu'on tuait quelqu'un à chaque fois. C'était la vérité. C'était mal de tuer les gens.

Papa serait fâché à cause de la fenêtre cassée.

Mais ce n'était pas de la faute de Peggy. Par contre, elle avait été méchante d'abandonner Dickie. Qu'était devenue sa pièce de cinquante *cents* ? Devait-elle dire à maman de ne pas s'en aller ? Elle avait du mal à parler.

Un agent de police. Il allait l'emmener en prison. Elle était vilaine et il allait l'enfermer en prison – là où on vous tue, disait Miss Raymond. Les enfants méchants allaient en prison, on les mettait sur une chaise et ça les faisait mourir. Miss Raymond ne racontait pas des mensonges. Les professeurs ne mentent pas. Peggy se cramponna au pull en laine et sanglota. Je ne veux pas aller en prison. Je ne recommencerai pas.

Cette fois, la lumière était meilleure. La pièce n'était plus tantôt noire tantôt blanche. Mais on ne voyait les choses qu'en partie. Maman donnait-elle une réception ? Quand maman avait des invités, Peggy n'avait pas le droit de rester dans le living-room. C'était la règle. Pourquoi l'agent de police était-il à la réception ? Maman avait-elle encore brûlé un feu rouge ? « Quelle est la pire chose qui puisse arriver ? » demandait papa quand elle lui disait qu'elle avait peur. Et elle répondait : « Maman va avoir une contravention ». Et papa disait : « Et alors, pourquoi avoir peur ? » Et elle n'en savait rien.

Il y avait là un monsieur habillé en cow-boy. Soudain, Peggy comprit : c'était une soirée costumée. Comme l'autre fois. Le monsieur avait un grand chapeau, une culotte de cheval et un revolver. Ça aurait plu à Glen. Le Dr Murray dit à Peggy que c'était une bonne fille. Il ne savait pas qu'elle était vilaine. Il lui sourit. Grand-mère avait dit que l'autre petite fille avait eu un foulard serré autour du cou. Pourquoi Miss King lui avait-elle mis un foulard autour du cou ? Maman est peut-être fatiguée de me tenir dans ses bras. Je vais lui dire de me poser si elle en a assez.

Le monsieur habillé en cow-boy écrivait sur un carnet. Qu'avait-elle fait de sa pièce de cinquante *cents ?* Elle avait envie d'un petit carnet noir comme celui-là.

– Morte ? dit maman.

Effrayée, Peggy frissonna, croyant qu'ils parlaient d'elle.

Le cow-boy inclina la tête.

CHAPITRE XXIII

Gil s'interrompit et tourna son regard vers la fenêtre. Le soleil faisait penser à une ampoule électrique nue éclairant d'une lumière crue, livide, une boîte de nuit au lendemain d'une folle soirée.

Les branches d'arbres remplaçaient les mégots de cigarettes, les débris de verre remplaçaient la vaisselle cassée, les arbres abattus et les poteaux télégraphiques qui balafraient la route remplaçaient les meubles défoncés. Des employés de la compagnie du téléphone avaient travaillé d'arrache-pied toute la matinée.

Gil n'aurait su dire combien de temps elle était restée silencieuse lorsqu'elle se tourna de nouveau vers son visiteur.

– Je n'avais jamais rien entendu d'aussi horrible, reprit-elle. Jamais je n'oublierai ces cris.

Des larmes lui montèrent aux yeux et roulèrent sur ses joues. Se levant, elle sortit de la pièce et le policier l'entendit se moucher. Elle revint avec une boîte de mouchoirs en papier et poursuivit son récit :

– Vous ne pouvez pas imaginer la terreur qu'il y avait dans sa voix. Le pire, c'était de l'entendre répéter qu'elle serait gentille, comme si elle croyait qu'on la punissait parce qu'elle était méchante. En plus, elle ne savait pas que les renforts arrivaient. La pauvre petite était persuadée qu'elle allait mourir.

« Ed et moi, nous avons essayé de courir, mais on ne peut pas courir dans la neige. C'est comme dans un rêve, vous savez, quand vous voulez fuir et que vos pieds refusent de bouger. C'est une impression atroce. Les cris provenaient de la maison de Miss Urey ; Ed est parti devant, en marchant aussi vite qu'il le pouvait. Il a monté l'escalier du perron, a cogné à la porte, puis s'est aperçu que la vitre de la fenêtre du living-room était brisée. Il enjambait le rebord lorsque je l'ai rejoint. Tout-à-coup, il s'est mis à jurer. Sur le moment, je n'ai pas compris ce qui lui arrivait, et puis j'ai vu du sang sur la neige. Il s'était pris le pied dans le carreau cassé.

« C'est bien connu : on se demande toujours comment on réagirait dans des circonstances graves. Enfin, pas vous... Vous le savez, puisque vous êtes policier. Mais moi, je ne l'ai découvert qu'hier soir. J'ai honte de l'avouer, mais quand j'ai vu Ed perdre son sang, quand j'ai entendu les hurlements dans la maison... je me suis mise à hurler, moi aussi. Ça faisait trop de choses en même temps. J'ai perdu la tête.

Le policier se pencha en avant.

– Avez-vous vu quelque chose ? demanda-t-il.

C'était un homme plutôt menu, qui avait une tête trop grosse par rapport à son corps. Gil lui trouva l'air intelligent ; peut-être était-ce dû à ses lunettes ou à sa tête volumineuse. Il parlait avec aisance, ce qui renforçait encore son allure de professeur d'université.

Jusqu'à présent, il s'était montré simplement poli. Mais voilà que, pour la première fois, il paraissait vraiment intéressé. Il scrutait le visage de Gil comme s'il la soupçonnait de vouloir mentir.

– Je dois d'abord vous préciser que la confusion était totale. Dans ces conditions, je ne suis pas très sûre de ce que j'ai vu exactement. Non seulement la pièce n'était éclairée que par la lueur du feu, mais j'étais troublée par le vent, les cris, et je m'efforçais d'aider Ed à libérer son pied pour que nous puissions secourir Peggy. Je me souviens qu'Ed est tombé à la renverse. Il ne tenait même pas debout. J'ai enjambé la fenêtre à mon tour, et c'est alors que j'ai vu la scène.

« La porte de la chambre était ouverte et Peggy était étendue par terre. J'ai cru qu'elle était morte. Et puis j'ai vu deux personnes qui se battaient comme des furies au-dessus d'elle.

« J'ignore d'où sortait Beverly Urey. Elle était peut-être entrée par la fenêtre de derrière, mais ça paraît invraisemblable. En tout cas, elle était là. Peut-être se promenait-elle dehors, dans la tempête... Bref, Dieu merci, elle était là. Et elle a sauvé la vie de Peggy. Les deux femmes luttaient au corps à corps sur le plancher. C'était horrible. Je n'avais jamais vu deux femmes se battre. Remarquez, je n'ai jamais vu non plus deux hommes se bagarrer, sauf au cinéma.

« Toujours est-il que Beverly a sacrifié sa vie pour Peggy. Sans elle, c'est Peggy qui se serait retrouvée avec un couteau en plein cœur.

– Continuez, dit le policier.

C'était sa première manifestation d'impatience depuis le début de l'entretien. Un peu vexée, Gil reprit :

– Eh bien... comme je vous l'ai dit, tout s'est passé en même temps.

Oubliant l'impatience de son interlocuteur, elle se lança aussitôt dans une nouvelle digression :

– Ne vous êtes-vous jamais demandé, quand vous lisez un article sur une terrible catastrophe – un naufrage, par exemple, ou un incendie – pourquoi telle personne n'a pas sauvé telle autre, pourquoi le père s'en est sorti et pas le fils, etc. ? Maintenant, je connais la réponse. Dans des circonstances pareilles, vous cessez de réfléchir. Vous n'avez même pas conscience de ce qui est le plus urgent.

« Tout d'un coup, j'ai remarqué qu'Alison était près de moi et regardait elle aussi. J'aurais été bien incapable de dire d'où elle sortait. Ensuite, Martha est apparue, comme surgie du néant. En fait, elle était entrée par la porte de côté. Elle a pris Peggy dans ses bras, sans même regarder Miss Urey. Son unique souci était de sauver Peggy ; elle n'avait pas le temps de penser à autre chose. Et elle est partie en emmenant Peggy.

« Ed, lui, souffrait le martyre ; j'étais terrifiée à l'idée qu'il perde tout son sang. Alison et moi, nous l'avons traîné tant bien que mal chez Martha, qui habite juste en face. C'était la seule solution, car nous ne pouvions pas le soigner dehors. A plusieurs reprises, il a bien failli étouffer sous la neige. Une fois chez Martha, nous avons déchiré des bouts de tissu pour lui faire un garrot. Heureusement que c'était une blessure à la jambe, sinon je n'aurais jamais su de quel côté poser le garrot. Vous savez ce que c'est : les veines, les artères et tout et tout...

« En y réfléchissant maintenant, ça paraît affreux que nous ayons pensé uniquement à Peggy et à Ed, en laissant Miss Urey...

– Je sais, dit le policier en hochant la tête avec sympathie.

Il proposa une cigarette à Gil, mais la jeune femme préféra prendre une des siennes.

– Avez-vous vu Miss Urey entrer par la fenêtre de derrière ? s'enquit-il.

– Non, j'ai simplement supposé qu'elle était arrivée par là. C'est la seule explication possible, puisque j'étais sur le devant de la maison et Martha sur le côté. N'y avait-il pas d'empreintes à cet endroit ?

– C'est difficile à dire. Lorsque nous sommes arrivés sur les lieux, le vent et la neige avaient tout recouvert. A quel moment êtes-vous retournés dans la maison pour voir ce qu'il en était ?

– Je ne sais pas très bien, répondit Gil en se rongeant les ongles. J'avais perdu toute notion du temps. Tout ce que je sais, c'est que John Douglas nous a rejoints au bout d'un moment. Il cherchait Alison – sa femme – et nous lui avons raconté ce qui s'était passé. Il s'est aussitôt précipité en face mais, le temps qu'il arrive, Beverly Urey était morte et Miss King s'était enfuie. C'est John qui a fait tout le chemin pour aller chercher la police, alors qu'il avait un rhume. Ça me fait penser qu'il faut que j'appelle Alison pour lui demander des nou...

– Quelqu'un a-t-il touché au couteau ?

– Pas que je sache. Avez-vous relevé des empreintes dessus ?

– Je ne pense pas qu'on en tire grand-chose. Elles étaient brouillées.

Le policier écrasa sa cigarette, se leva et se mit en quête de son pardessus.

– Merci, Mrs Nugent, dit-il.

Gil bondit sur ses pieds mais n'alla pas chercher le pardessus de son hôte dans le placard.

– Oh, ne partez pas ! dit-elle. Vous prendrez bien un verre ?

– Non, merci.

– Ce n'est pas du jeu. J'ai répondu à vos questions ; je peux bien maintenant vous en poser une ou deux, n'est-ce pas ?

Elle sourit mais fut un peu décontenancée de voir que le policier ne lui rendait pas son sourire.

– Que voudriez-vous savoir ? demanda-t-il d'un ton courtois.

– Avez-vous appris quelque chose sur ces deux femmes ? Est-ce Miss King qui a étranglé les autres enfants et cette inconnue ?

– Nous l'ignorons encore. Nous allons publier la photo de Miss Urey dans les journaux ; ça donnera peut-être des résultats.

– Avez-vous trouvé des papiers personnels ? s'enquit Gil en suivant le policier jusqu'à la porte. En sait-on un peu plus sur cette Miss King ? Et d'abord, était-ce son vrai nom ?

– Il n'y avait pas de papiers personnels. Seulement quelques factures au nom de Miss Urey.

– Mais les déménageurs savent certainement d'où venaient les meubles ?

– Vous auriez dû être détective, Mrs Nugent.

Il prit son pardessus dans la penderie et l'enfila.

Puis il se mit en quête de son chapeau.

– Le mobilier a été acheté chez un marchand d'occasions, reprit-il. Et c'est Miss Urey qui a tout payé elle-même.

A contrecœur, Gil lui tendit son chapeau.

– Tout cela tend à prouver qu'elles cachaient leur véritable identité, n'est-ce pas ? Au moins Miss King. Quand je pense qu'elle rôde peut-être encore dans les bois...

Le policier, qui s'apprêtait à sortir, ferma la porte et se tourna vers Gil.

– Est-ce donc cela qui vous rend si nerveuse, Mrs Nugent ?

Gil, qui regardait rêveusement par la fenêtre, s'arracha à sa contemplation avec un sursaut.

– Pardon ?

– Vous semblez passablement nerveuse...

– N'y a-t-il pas de quoi, après ce qui s'est passé ? répliqua Gil en rougissant.

– Si, bien sûr. – Il rouvrit la porte. – Je suis persuadé que Miss King a pris le train et qu'elle est actuellement à des kilomètres d'ici.

– Nous n'osons plus laisser sortir les enfants.

– Je vais essayer de m'arranger pour vous envoyer un de nos hommes pendant quelque temps.

– Oh, merci !

Debout sur le seuil, Gil regarda s'éloigner la voiture de son visiteur. Dans le morne silence, elle resta là à fouiller les bois du regard. Elle en scruta les moindres recoins, fébrilement, indifférente au froid humide et pénétrant.

Le policier fit mine de se lever. Puis, se ravisant, il se laissa retomber sur son siège.

– Qu'avez-vous dit ? demanda-t-il d'une voix lente.

Il y avait chez Alison quelque chose qui le troublait : une certaine apathie, une absence d'émotion qui lui semblait particulièrement morne après les réactions vibrantes de Gil Nugent. Mrs Douglas avait au moins dix ans de plus plus que Mrs Nugent et était manifestement très pauvre. Elle portait une robe aux couleurs passées et des souliers qu'elle avait recousus à la main. Son corsage aussi avait l'air défraîchi.

– Qu'avez-vous dit ? répéta-t-il.

– Quand ça ? demanda Alison d'un air absent.

Elle consulta de nouveau la pendule, en s'efforçant de dissimuler son irritation. Les gâteaux allaient être prêts d'une minute à l'autre et il fallait qu'elle les porte au village.

– Vous en êtes sûre ? dit le policier.

– De ce que je vous ai dit ? Oui, naturellement.

Il se pinça le nez, renifla et écrasa sa cigarette dans un cendrier.

– Quelque chose vous tracasse, Mrs Douglas ?

– Oh ! non. Je surveille simplement la pendule parce que j'ai un certain nombre de rendez-vous ce matin.

– Une femme est morte, Mrs Douglas, déclara son visiteur d'une voix douce.

– Ne me croyez pas indifférente. Vous savez, les personnes qui font étalage de leurs émotions ne sont pas toujours les plus sensibles... Mais à quoi bon cet entretien ? Je ne fais sans doute que répéter ce que Mrs Nugent et Mrs Earnshaw vous ont raconté.

– Mrs Earnshaw a connu des moments très pénibles. J'ai jugé préférable de l'interroger en dernier.

Alison lui lança un regard en coin, hésita. Enfin, elle dit :

– A votre place, je ne sous-estimerais pas Martha. C'est une femme solide, presque totalement dépourvue de sensibilité. J'entends cela comme un compliment. Elle n'est pas du genre à se laisser abattre. A l'heure qu'il est, je suis sûre qu'elle rit de ce qui lui est arrivé. Elle a l'art de raconter des histoires, et elle prendra plaisir à raconter son aventure. Ce matin, elle est venue – semblable à elle-même – me demander si elle pouvait faire quelque chose pour John. Il faut vous dire que mon mari était enrhumé quand il est allé chercher la police... Bref, Martha n'a fait aucune allusion aux événements de cette nuit. Comme si ce n'était pas important.

Le policier acquiesça poliment.

– Vous m'avez dit tout à l'heure que vous étiez sortie, malgré la tempête, parce que vous aviez entendu des voix et que vous redoutiez un accident. Comment avez-vous pu entendre ces voix malgré le hurlement du vent ?

– Notre maison se trouve tout près de la route et Ed criait.

– Bon. Continuez.

– Comme je vous l'ai expliqué, j'ai suivi les Nugent à la trace. Et soudain, j'ai entendu Peggy crier. J'ai beaucoup d'affection pour Peggy. C'est une fillette très éveillée. Elle s'arrête toujours ici, en rentrant de l'école, pour bavarder un peu et manger des petits gâteaux. Naturellement, je me suis mise à courir et j'ai vu les Nugent sur le perron de la maison de Miss Urey. Sur le moment, je n'ai pas compris ce qu'ils faisaient là. Et puis j'ai entendu Gil hurler et j'ai vu du sang partout...

– Quand vous avez regardé par la fenêtre, vous vous teniez exactement au même endroit que Mrs Nugent ?

– Oui. Nous avons aidé Ed à dégager son pied du carreau cassé et il est tombé. A ce moment-là, j'ai regardé dans la pièce.

– La scène dont vous avez été témoin s'est déroulée à l'instant précis où Mr. Nugent est tombé ?

– Oui. Comme je vous l'ai dit, Peggy était étendue par terre et Miss Urey se battait avec quelqu'un. Un inconnu.

Cette fois, quand Alison en arriva à ce point particulier de son récit, le policier s'abstint de lui demander : « Qu'avez-vous dit ? ». Il se contenta de scruter son visage pour y déceler un quelconque signe de culpabilité. Elle ne le regardait pas dans les yeux (fait qu'il enregistra sans y attacher aucune importance) mais son pâle visage avait gardé son teint naturel et n'exprimait qu'une vive impatience.

– Vous êtes sûre qu'il s'agissait d'un homme ?

– Oui. Ils se battaient...

– L'avez-vous reconnu ?

– Non, je ne le connaissais pas.

– Qu'est-ce qui vous fait dire que c'était un homme ?

Alison jeta un coup d'œil en direction de la pendule.

– Qu'est-ce qui me fait dire que vous êtes un homme ? répliqua-t-elle.

– Et vous n'avez pas vu Miss King ?

– Non. Je suppose qu'elle s'est enfuie quand cet intrus...

– Par où est-il entré ?

– Par la fenêtre de derrière, forcément. De toute évidence, c'était un cambrioleur. Vous savez comment ça se passe quand il y a des tempêtes de neige : sachant que les gens vont s'installer en ville, chez des parents, jusqu'à ce que ça se calme, des malfaiteurs battent la campagne pour repérer les maisons abandonnées...

– Mrs Douglas, il n'y avait pour tout éclairage que la lueur du feu. Ajoutons à cela que la tempête faisait rage, qu'un homme risquait de perdre tout son sang et qu'une fillette était en danger de mort. Dans ces conditions, comment pouvez-vous affirmer aussi catégoriquement...

– Franchement, je n'ai aucun intérêt à mentir.

– Qu'est-ce qui vous fait croire que Miss King s'est enfuie à l'arrivée du cambrioleur ?

– Ma foi... nous savons qu'elle était là, puisque c'est elle qui a kidnappé Peggy. Il me paraît donc logique de penser qu'elle a lâché Peggy quand l'homme s'est introduit dans la pièce...

– Et Miss Urey, d'où sortait-elle ?

– Je n'en sais rien, mais elle était là. Elle s'est battue contre le cambrioleur, qui lui a planté un couteau...

– Donc, d'après vous, Miss King a laissé son amie se faire tuer ?

– Seigneur, quelle façon mélodramatique de présenter les choses ! Miss King n'est pas précisément du genre à défendre une amie. C'est une meurtrière. D'autre part, à ma connaissance, jamais personne n'a donné sa vie pour sauver son prochain.

– Vous avez bien affronté le blizzard – le pire que nous ayons eu depuis neuf ans – pour secourir quelqu'un que vous pensiez en danger.

Les joues d'Alison rosirent.

– Je n'avais pas l'intention de donner ma vie pour qui que ce fût.

– Avez-vous vu l'homme poignarder Miss Urey ?

– Non, je les ai simplement vus se battre. Vous noterez que ce n'est pas Gil mais Martha qui s'est précipitée pour chercher Peggy. Les gens ne sont pas prêts à prendre des risques pour sauver les autres, même quand il s'agit d'enfants.

– Mrs Douglas, portez-vous des lunettes ?

– Je vous demande pardon ?

– Avez-vous une bonne vue ?

– Excellente.

– Avez-vous vu quelqu'un s'enfuir de la maison

pendant que vous emmeniez Mr Nugent chez Mrs Earnshaw ?

– Non. Mais le cambrioleur a très bien pu se sauver pendant que nous étions tous chez Martha.

L'air songeur, le policier observa de nouveau le visage d'Alison. Cela ne lui étant d'aucune aide, il se leva, remercia son hôtesse et récupéra son pardessus.

Dès qu'il fut parti, Alison courut éteindre le four. Après quoi, elle appela son mari au téléphone.

– John ? Il y a quelque chose de bizarre. Un policier est venu me voir au sujet d'hier soir, et j'ai l'impression que Gil lui a raconté une histoire sans aucun rapport avec ce qui s'est passé en réalité. Quelle raison Gil aurait-elle de mentir ?

Des trois femmes, ce fut Martha que le policier eut le plus de mal à comprendre. Elle ne lui parut pas bouleversée, comme Mrs Nugent, ni anxieuse de se débarrasser de lui, comme Mrs Douglas. Elle l'accueillit chaleureusement, insista pour lui offrir du café et se montra trop gaie, trop vive, trop charmante. Pour lui qui ne la connaissait pas, Martha n'avait pas le comportement auquel on pouvait s'attendre de la part d'une mère qui avait failli perdre sa fillette la veille au soir. Il ne pouvait pas comprendre les mécanismes psychologiques qui poussaient Martha à dissimuler son intense émotion en faisant comme si de rien n'était. En outre, le policier fut surpris lorsqu'elle lui annonça que Peggy était allée à l'école comme d'habitude. Selon elle, ça n'aurait servi à rien de la laisser se morfondre à la maison.

– La nuit du huit décembre, avait-elle déclaré d'un ton facétieux, le vent mugissait, de sombres nuages planaient sur la terre et la neige tombait à gros flocons. C'était une nuit à ne pas mettre un chien dehors... – Brusquement, elle s'était interrompue. – Excusez-moi, je suis toute chavirée.

Prenant la cafetière en argent, elle tendit au policier une tasse en porcelaine blanche, une serviette en lin et un petit sablé encore tiède. Pendant qu'elle le servait, il inspecta la pièce du regard : l'oreiller qui bouchait la fenêtre, le feu qui brûlait dans la cheminée, les rayonnages surchargés de livres, les tableaux – peints par des artistes qu'il ne connaissait pas – et les meubles un peu usés. Il préférait le mobilier des Nugent, qui formait un ensemble harmonieux et séduisant.

– Se pourrait-il que Miss Urey ait été tout le temps dans la maison pendant que vous cherchiez Peggy ?

– Je ne vois pas comment ce serait possible. J'ai regardé partout. Il aurait fallu qu'elle soit cachée dans le grenier, elle aussi. Ce n'est guère vraisemblable. – D'un bond, elle se leva. – Il faudra que j'écrive à papa pour lui dire qu'il avait raison au sujet de l'arbre mort. Ça lui fera plaisir. Pensez-vous que le téléphone remarche ? Je voudrais appeler mon mari.

Elle décrocha le combiné et le porta à son oreille.

– Toujours rien, dit-elle d'un ton léger.

– Avez-vous vu quelqu'un sur la route, à un moment ou à un autre ?

– Non.

– Poursuivez votre récit.

– Eh bien... à l'instant où je rebroussais chemin, il m'a semblé entendre quelque chose. C'était Peggy qui criait.

Elle avala une rapide gorgée de café mais ne toucha pas aux sablés.

– Sur le moment, reprit-elle, je n'ai pas réalisé. J'ai pensé que mon imagination me jouait des tours.

– Miss Urey aurait-elle pu se glisser dans la maison entre le moment où vous êtes partie et celui où vous êtes revenue ?

– Je n'en sais rien. Avec cette tempête, il était impossible de voir quelqu'un à deux mètres. Mais pourquoi cette question ? Quand je suis ressortie en emmenant Peggy, Miss Urey n'était pas là ; elle est donc arrivée après, n'est-ce pas ?

Le policier, qui s'apprêtait à mordre dans son gâteau, suspendit son geste et regarda Martha. Lentement, il s'essuya la bouche et posa sa tasse, son sablé et sa serviette.

– Continuez, dit-il en se massant le cou.

Sans rien remarquer d'anormal dans le comportement de son visiteur, Martha proposa :

– Encore un peu de café ?

Il refusa d'un signe de tête.

– J'ai réagi comme une idiote, poursuivit-elle. Je courais tantôt dans un sens tantôt dans un autre, me demandant si je devais prendre le bébé ou le laisser seul, aller chercher Peggy ou courir chercher de l'aide. Au début, quand j'ai entendu Peggy, je me suis même dit que c'était peut-être une ruse pour m'éloigner de Dickie... Bref, j'ai quand même fini par décider que c'était bien Peggy. Elle sanglotait, promettant de ne plus être méchante...

Martha se leva. Puis, oubliant ce qu'elle faisait debout, elle se rassit. Elle tâta ses poches à la recherche de ses cigarettes, accepta celle que le policier lui offrait et l'abandonna aussitôt.

– J'ai enlevé mes bottes pour pouvoir courir plus vite et je me suis dirigée vers la porte de côté. Je savais qu'elle était ouverte, puisque j'étais sortie par là. Et là, à la lueur du feu, j'ai vu Peggy. Elle était étendue par terre et j'ai cru qu'elle était morte. Je n'ai pas voulu en avoir le cœur net.

S'interrompant pour reprendre sa respiration, Martha adressa au policier un sourire éclatant.

– Je me suis précipitée pour la prendre dans mes bras et, sans réfléchir, je l'ai ramenée ici en courant.

Le policier se tut. Au bout d'un moment, Martha comprit qu'il attendait encore autre chose. Elle haussa les sourcils d'un air interrogateur.

– Ne vous arrêtez pas là, dit-il enfin. Quelle est la suite de l'histoire ?

– Oh, je pensais que vous la connaissiez. John Douglas est arrivé, il est allé voir en face et a trouvé Beverly morte. Il est alors parti chercher la police.

Il croisa les doigts et posa les mains sur ses genoux, paumes en-dessous.

– Ce qui m'intéresse, dit-il, c'est ce que vous avez

vu dans la chambre quand vous vous êtes élancée pour ramasser Peggy ?

Déconcertée, Martha répondit :

– J'ai vu Miss King, naturellement. Elle était dans un état de fureur indescriptible. On aurait dit une bête. Elle se démenait, se jetait contre les meubles... Bien entendu, je ne me suis pas arrêtée pour regarder.

– Qui y avait-il d'autre ?

– Peggy, évidemment !

– Je ne plaisante pas, Mrs Earnshaw. A part Peggy, qui était avec Miss King ?

– Je ne suis guère d'humeur à plaisanter moi-même, rétorqua sèchement Martha. Miss King et Peggy étaient seules. Je suppose que Peggy venait de tomber du grenier ; elle était évanouie.

Vous n'avez pas vu Miss Urey ?

– Non. Elle a dû arriver pendant que je ramenais Peggy ici. Miss King était dans un tel état qu'elle aurait tué n'importe qui.

Il y eut un silence. Au bout d'un moment, le policier reprit :

– Mrs Earnshaw, nous pouvons considérer que Peggy commençait juste à crier quand vous l'avez entendue, puisque vous veniez de sortir de la maison et qu'il n'y avait eu aucun bruit jusque-là. C'est exact ?

– Oui.

– Et comme vous avez aussitôt rebroussé chemin, Peggy ne criait certainement pas depuis plus d'une minute quand vous l'avez ramassée. Nous sommes d'accord ?

– Oui, sans doute. Moins d'une minute.

Perplexe, Martha attendit la suite.

– Donc, Mrs Nugent et Mrs Douglas ont entendu crier Peggy à peu près en même temps que vous. Exact ? – Sans lui laisser le loisir de répondre, il enchaîna : – En fait, c'était exactement en même temps. Elle vous ont vue toutes les deux prendre Peggy dans vos bras et sortir en courant. Par conséquent, vous avez toutes été témoins de ce qui se passait dans cette pièce au même moment. D'accord ?

Martha ne répondit pas. Elle avait fini par comprendre où le policier voulait en venir.

– Mrs Earnshaw, vous m'avez raconté toutes les trois une histoire différente.

Il attendit la réaction de Martha. Comme la jeune femme se taisait, il reprit :

– Etes-vous prête à jurer que, lorsque vous avez ramassé votre petite fille, il n'y avait dans la chambre que Miss King qui « se démenait » ? C'est bien le terme que vous avez employé, n'est-ce pas ?

– Qu'ont vu Gil et Alison ?

– Je vous ai posé une question.

– Eh bien... oui. Enfin, je crois.

– Vous n'en êtes pas sûre ?

– Il y avait une telle confusion...

– Mrs Douglas, qui se trouvait plus loin que vous, a fourni un témoignage très précis.

– Mrs Douglas est une femme terriblement catégorique dans tout ce qu'elle dit.

– Combien de temps s'est-il écoulé entre le

moment où vous avez tous quitté la maison et le moment où Mr Douglas y est allé pour voir ce qui s'était passé ?

– Je n'en sais rien.

– Cinq minutes ? Dix minutes ? Moins d'une demi-heure ?

– Je n'en ai aucune idée.

Le policier s'adossa à son siège. Martha le trouva moins courtois qu'à son arrivée mais plus détendu. Il avait perdu ses manières de gentleman emprunté. Elle se demanda quel genre d'homme c'était avec les criminels.

– A votre connaissance, Mrs Earnshaw, vos deux amies auraient-elles des raisons de mentir ?

Martha le regarda d'un air effaré. Cherchant une échappatoire, elle jeta un coup d'œil sur la cafetière et constata qu'elle était vide. Elle se leva pour aller la remplir. Lorsqu'elle revint, elle dit en riant :

– J'ai bien envie de vous répondre : « Je ne parlerai qu'en présence de mon avocat. »

– Vous savez, ce n'est pas souvent que nous avons la chance d'enquêter sur un meurtre dont trois personnes ont été témoins. On pourrait croire que cela simplifie tout, n'est-ce pas ? Malheureusement, il y en a au moins deux d'entre vous qui mentent.

Il prononça ces mots d'un ton parfaitement amical. Martha le considéra d'un air incrédule et se leva vivement.

– C'est... ce n'est pas possible. Personne ne ment ; quelqu'un s'est trompé, voilà tout. Je ne sais que vous dire. Tout ce que je veux, c'est oublier cette affaire.

Sans se presser, elle alla prendre son manteau et ses bottes dans le placard.

– Je vais chercher Peggy, dit-elle. Son car va bientôt arriver.

EPILOGUE

C'était un homme entre deux âges. Grand, séduisant, élégamment vêtu.

On le fit attendre un moment avant de le conduire chez le capitaine. Lorsqu'il entra enfin dans le bureau, son calme de façade s'était un peu effrité. On voyait mieux transparaître son chagrin, sa profonde détresse. C'était un homme en proie à un tourment obsédant.

Il déclara s'appeler John Cullen Stack. Il habitait une banlieue résidentielle dont le capitaine reconnut le nom. Un quartier où les maisons les moins chères coûtaient cinquante mille dollars. Il était marié et avait une fille, également mariée. Une enfant adoptive. En réalité, c'était la fille de sa sœur.

Il regarda le capitaine d'un air soupçonneux et

sortit de sa poche un étui à cigarettes en argent. Il en offrit une au capitaine, qui refusa.

Il en vint alors à l'objet de sa visite. Il avait vu la photo publiée dans les journaux. Une certaine Beverly Urey avait été trouvée morte, assassinée. Beverly Urey était sa sœur. De son vrai nom, elle s'appelait Laura Stack.

Il pensait que le capitaine dirait quelque chose, mais le capitaine se contenta de faire tourner son alliance autour de son doigt, attendant la suite. Alors il continua. Il expliqua au capitaine qu'il souhaitait éviter toute publicité autour de cette affaire. A cause de la fille adoptive. Laura Stack s'était échappée d'un établissement psychiatrique.

Il ne fallait pas croire pour autant qu'elle fût dangereuse, expliqua-t-il. C'était une femme douce et réservée, qui ne cherchait qu'à rendre service. Elle était presque trop gentille. Mais depuis des années, elle avait fait de fréquents séjours dans des asiles parce qu'elle était sujette à des crises. Et après ces crises, il lui arrivait d'avoir un comportement bizarre. Quel genre de comportement ? Des troubles sans gravité. Parfois, elle ne savait plus très bien qui elle était. Elle se prenait pour quelqu'un d'autre. C'était très complexe. Le capitaine n'avait qu'à consulter les médecins de l'hôpital pour en savoir davantage.

Le capitaine avait déjà consulté les médecins de l'hôpital. En fait, en ce moment même, un agent de police était en route pour le domicile de Mr Stack.

C'était une bonne chose que Mr Stack eût décidé de se présenter de lui-même.

Comment cela ? Il ne comprenait pas. Pourquoi avait-on envoyé un agent de police chez lui, John Cullen Stack ? Comment avait-on su qui était Beverly Urey ?

Le capitaine lui demanda s'il connaissait Augusta King.

Non, il n'avait jamais entendu ce nom-là.

Augusta King avait partagé la maison de Beverly Urey.

Non, dit-il, une infirmière avait effectivement habité avec sa sœur, mais elle ne s'appelait pas Augusta King. D'ailleurs, elle avait disparu.

Savait-il que Beverly Urey avait fait croire aux voisins que c'était *elle* l'infirmière et Augusta King la patiente ?

Il ne comprenait pas de quoi parlait le capitaine. En tout état de cause, maintenant qu'il avait fait son devoir en venant identifier sa sœur, il espérait qu'on lui permettrait de donner à la défunte un enterrement décent. Pour le moment – si le capitaine n'y voyait pas d'inconvénient – il allait prendre congé. Il était encore sous le choc de la mort de sa sœur et il espérait que la police parviendrait à retrouver Augusta King, la meurtrière de Laura.

Le capitaine lui dit de s'asseoir. Puis il resta silencieux un moment, le regard fixé sur une photo posée sur son bureau. La photo d'un petit garçon. Enfin, le capitaine se remit à parler. D'après la direction de l'hôpital, Laura Stack avait été internée la dernière fois parce qu'elle avait kidnappé une enfant. C'était exact, n'est-ce pas ?

Oui, c'était exact.

Et cela ne l'avait pas empêché – lui, John Cullen Stack – de protéger la fuite de sa sœur.

Il objecta qu'elle n'avait jamais eu l'intention de fair du mal à la fillette. Elle aimait les enfants, tout simplement. En outre, elle était malheureuse à l'hôpital. C'était pourquoi il lui avait acheté une maison et fourni une infirmière. C'était son droit. Laura était sa sœur.

Le capitaine dit quelque chose à l'agent de police posté devant la porte. Celui-ci sortit et revint quelques instants plus tard avec un objet qu'il posa sur le bureau du capitaine. Une perruque rousse.

Mr Stack avait-il déjà vu cette perruque ?

Oui, chez sa sœur. Le soir d'Halloween. Laura lui avait expliqué que ça faisait partie d'un déguisement.

L'agent de police posa autre chose sur le bureau. Trois foulards en soie : un rose, un blanc à fleurs, un vert orné de dessins géométriques. Ils étaient tous les trois tachés et maculés de boue. Mr Stack reconnaissait-il ces foulards ?

Son premier réflexe fut de mentir. Les questions du capitaine avaient un sens caché qui le mettait mal à l'aise. Il commença par répondre qu'il ne savait pas très bien. Puis, à contrecœur, il dit la vérité. Oui, il avait offert à Laura le blanc et le vert. Le rose, il n'en était pas sûr. Elle aimait les foulards. Il lui en offrait souvent.

Il se prit à regretter d'être venu. Puis il se souvint de l'agent de police qui était en route pour chez lui... Au fait, le capitaine n'avait pas répondu à sa question. Comment avaient-ils su qui était Beverly Urey ?

On leur avait signalé la disparition d'une malade dans un hôpital psychiatrique et, à la lumière de ce qui s'était passé avant la mort de Beverly Urey, ils avaient pensé qu'il existait peut-être un lien entre les deux affaires. Les autorités de l'établissement avaient identifié Beverly Urey comme étant Laura Stack.

Il se demanda pourquoi le capitaine le regardait ainsi. Il n'avait fait que son devoir. Il avait aimé sa sœur, il avait fait tout son possible pour l'aider... Et maintenant, elle était morte. A cause de lui, peut-être. Par sa faute. S'il l'avait renvoyée à l'hôpital, elle serait encore en vie. Maman avait toujours dit qu'il aurait mieux valu pour elle qu'elle fût morte. Maman s'était toujours montrée dure avec Laura ; elle l'aurait voulue différente, plus jolie, plus sûre d'elle-même. Laura avait eu bien peu de bonheur dans sa vie. S'il n'y avait pas eu le funeste épisode de l'enlèvement du bébé, Doris et lui auraient pu la garder avec eux. Ils auraient pu lui donner un peu de bonheur.

Pourquoi le capitaine le regardait-il comme ça ?

Mr Stack n'avait-il jamais songé que les responsables de l'hôpital étaient peut-être mieux placés que lui pour juger si sa sœur devait être internée ou pas ? s'enquit le capitaine.

Il avait engagé une infirmière pour s'occuper d'elle, non ? Malheureusement, l'infirmière avait disparu... Il s'interrompit. Cette fois, on ne pouvait s'y méprendre : le visage du capitaine exprimait la condamnation, l'aversion. Quelle mouche le piquait, cet homme-là ?

Le capitaine lui montra une photo.

Oui, dit-il, c'était bien l'infirmière. Où le capitaine avait-il trouvé cette photo ? Sur un cadavre, répondit le capitaine. L'infirmière avait été étranglée.

Stupéfait, il demanda : « Vous voulez dire... par la même personne que celle qui a tué ma sœur ? »

Après un long silence, le capitaine déclara : « Vous ne comprenez toujours pas de quoi il retourne, n'est-ce pas ? »

Il demanda s'il pouvait appeler sa femme pour lui dire qu'il serait retardé. Le capitaine lui indiqua l'appareil. Il décrocha le téléphone et annonça à Doris qu'il aurait du retard. Elle lui répondit qu'elle était au courant ; un agent de police était là. Elle parlait d'une voix morne, lointaine. Ce n'était pas sa voix normale.

Le capitaine lui expliqua que la perruque avait été retrouvée dans la neige, derrière la maison de Beverly Urey. On avait également trouvé un bout de chiffon sur lequel une femme s'était essuyé la figure pour enlever une épaisse couche de maquillage.

Il déclara ne pas comprendre.

Le capitaine lui expliqua que Laura Stack avait

joué le double rôle de Beverly Urey et d'Augusta King.

Il se raidit sur sa chaise, sans savoir pourquoi il avait peur, soudain ; sans savoir pourquoi il transpirait sous son col alors qu'il avait les bras glacés.

Des deux foulards qu'il avait identifiés – poursuivit le capitaine – l'un avait été retrouvé autour du cou de l'infirmière qu'il avait engagée pour s'occuper de sa sœur ; l'autre, autour du cou d'une petite fille assassinée quelques semaines après la fuite de sa sœur. On ignorait combien d'autres meurtres avaient été commis ; heureusement, le dernier avait pu être évité.

Il bondit sur ses pieds en criant des imprécations, d'une voix qu'il ne reconnut pas lui-même. Tout ce que disait le capitaine était faux ! Laura n'avait jamais tué personne. Laura aimait les enfants. Laura était la femme la plus douce, la plus gentille qu'il ait jamais connue. Ils étaient tous cinglés. Ils accusaient une morte parce qu'ils n'avaient personne d'autre à accuser. Ce n'était qu'un tissu de mensonges.

Le capitaine lui dit de s'asseoir.

Il se raidit. La fillette qui avait failli perdre la vie s'appelait Peggy Earnshaw. Elle habitait en face de chez Laura Stack – et celle-ci, sous l'apparence d'Augusta King, l'avait kidnappée. A l'instant où Laura Stack s'apprêtait à l'étrangler, elle avait eu une crise convulsive et l'enfant s'était évanouie. Mrs Earnshaw et des voisines étaient arrivées à ce moment précis et avaient assisté à la scène. En raison de l'obscurité, de la confusion générale et de leurs propres illusions, certains témoins avaient décrit la crise comme étant une lutte entre deux personnes, ce qui avait lancé la police sur une fausse piste.

Sur ces entrefaites, la police avait trouvé la perruque et le chiffon barbouillé de maquillage. Et l'hôpital psychiatrique avait identifié Beverly Urey.

Après que Mrs Earnshaw eut ramené Peggy chez elle, Laura Stack avait repris connaissance et s'était rendu compte de ce qu'elle avait fait. Sans doute avait-elle également compris que son secret ne tarderait pas à être découvert. Ou alors, peut-être avait-elle simplement agi dans un de ces moments de folie qui suivent les crises convulsives. Laura Stack s'était donné la mort.

Personne d'autre n'était en cause. Il n'y avait pas de rôdeur. Pas d'Augusta King.

Il enfouit son visage dans ses mains. Quel effet cela faisait-il – lui demanda le capitaine – d'avoir été l'instrument d'au moins deux crimes : celui d'une femme et celui d'une petite fille ? Quel effet cela faisait-il de savoir qu'il avait permis à une meurtrière d'enfants de rester en liberté ?

Non, ce n'était pas vrai. Laura était sa sœur. Sa petite sœur. Laura avait toujours été douce. Elle n'aurait jamais tué quelqu'un, surtout pas une enfant. La plus grande tragédie de sa vie avait été de ne pas pouvoir élever son enfant illégitime. Elle n'avait jamais eu sa chance. Sa mère ne l'avait jamais acceptée. Elle avait toujours eu des crises.

A la mort de leur grand-père, il avait promis de veiller sur elle. Il avait promis de lui construire une maison au sommet d'une colline et de veiller sur elle éternellement.

Imprimerie TARDY QUERCY (S.A.) 46001 CAHORS
Dépôt légal : juillet 1986 - N° d'impression : 6516